Knaus
K

Aleksandar Hemon

Das Buch meiner Leben

Aus dem Amerikanischen
von Matthias Fienbork

Knaus

Das Buch erschien 2013 unter dem Titel »The Book of my Lives«
bei Farrar, Straus and Giroux, New York.

MIX
Papier aus verantwortungsvollen Quellen
FSC® C014889

Verlagsgruppe Random House FSC® N001967
Das für dieses Buch verwendete FSC®-zertifizierte Papier
EOS liefert Salzer Papier, St. Pölten, Austria.

1. Auflage

Satz: Buch-Werkstatt GmbH, Bad Aibling
Druck und Bindung: Friedrich Pustet KG, Regensburg
ISBN 978-3-8135-0491-0

www.knaus-verlag.de

Für Isabel,
unvergessen

Das Leben der anderen

1. Wer ist das?

Am Abend des 27. März 1969 war mein Vater in Leningrad, wo er sein Aufbaustudium im Fach Elektrotechnik absolvierte. Meine Mutter war zu Hause in Sarajevo, sie lag in den Wehen, umgeben von Freundinnen, die ihr beistanden. Sie hielt die Hände auf ihrem runden Bauch, seufzte und stöhnte, aber ihre Freundinnen schienen nicht übermäßig besorgt. Ich selbst, exakt viereinhalb Jahre alt, lief um sie herum, versuchte, ihre Hand zu halten oder auf ihren Schoß zu klettern, bis ich schließlich ins Bett geschickt wurde. Ich widersetzte mich der Anweisung, um den Fortgang der Dinge durch das (sozusagen Freud'sche) Schlüsselloch zu verfolgen. Natürlich hatte ich Angst, denn obwohl ich wusste, dass ein Baby in ihrem Bauch war, war mir nicht ganz klar, wie das alles genau funktionieren würde, was mit ihr, mit uns, mit mir passieren würde. Als sie schließlich unter ersichtlichen und hörbaren Schmerzen ins Krankenhaus gebracht wurde, plagten mich schreckliche Gedanken, die Teta Jozefina mit der Versicherung zu entkräften suchte, dass meine Mutter nicht sterben, sondern mit einem Brüderchen oder Schwesterchen heimkehren werde. Ich wollte unbedingt, dass meine Mutter heimkehrte, ich wollte kein

Brüderchen und kein Schwesterchen, alles sollte bleiben, wie es war, wie es schon immer gewesen war. Die Welt hatte harmonischerweise mir gehört, die Welt und ich waren im Grunde eins.

Aber nichts ist mehr so, wie es einmal war. In Begleitung einiger Erwachsener (deren Namen und Gesichter auf den schwankenden Boden eines alternden Gedächtnisses gesunken sind – ich weiß nur, dass mein Vater nicht dabei war, da er sich noch in der Sowjetunion aufhielt) holte ich ein, zwei Tage später meine Mutter aus dem Krankenhaus ab. Ich erinnere mich, dass sie längst nicht so froh war über das Wiedersehen wie ich. Auf der Rückfahrt saß ich neben ihr und einem angeblich lebendigen Bündel, das meine Schwester war. Das Gesicht dieser angeblichen Schwester war furchtbar zerknittert, war nur eine hässliche, undefinierbare Fratze. Und es war dunkel, wie mit einer Rußschicht überzogen. Als ich mit dem Finger über ihre Wange fuhr, zeichnete sich eine helle Linie ab. »Sie ist dreckig«, verkündete ich, aber keiner der Erwachsenen nahm Kenntnis von dem Problem. Künftig würde es schwer sein, mir Gehör zu verschaffen und meine Bedürfnisse durchzusetzen – und an Schokolade zu kommen.

Mit der Ankunft meiner rußbedeckten angeblichen Schwester begann eine schmerzvolle, einsame Phase meiner frühkindlichen Entwicklung. Scharen von Menschen (deren mitgebrachte Schokolade mir verwehrt blieb) erschienen bei uns zu Hause, beugten sich über meine Schwester und gaben groteske Laute von sich. Niemand interessierte sich für mich. Dabei war die ihr entgegengebrachte Aufmerksamkeit empörenderweise völlig unverdient. Sie schlief nur und weinte und bekam regelmäßig eine frische Windel. Ich dagegen konnte schon einfache Wörter lesen, konnte flüssig sprechen und wusste allerlei interessante Dinge. Ich kannte die Fahnen verschiedener Länder, konnte mühelos zwischen wilden Tieren und Haustieren unterscheiden, überall im Haus waren hübsche Fotos von mir. Ich besaß Kenntnisse, ich hatte Ideen, ich wusste, wer ich war. Ich war ich, und alle liebten mich.

So schwierig die Existenz meiner Schwester für mich auch war – eine Zeitlang war sie einfach etwas Neues, das zwischen mir und meiner Mutter stand, wie ein neues Möbelstück oder eine verkümmerte Topfpflanze. Doch dann wurde mir klar, dass sie bleiben und für immer im Weg sein würde, dass die Liebe meiner Mutter zu mir vielleicht nie wieder das gewohnte alte Maß erreichen würde. Meine neue Schwester drängte sich nicht nur in meine Welt, sie behauptete sich – obwohl sie nicht einmal ich sagen konnte – in ihrem Zentrum. In unserem Haus, in meinem Leben, im Leben meiner Mutter, jeden Tag, die ganze Zeit, immer war sie da – das rußverdreckte Nicht-Ich, das Andere.

Also beschloss ich, sie bei der erstbesten Gelegenheit zu beseitigen. Eines Frühlingstages war ich allein mit ihr in der Küche, nachdem das Telefon geklingelt hatte und meine Mutter hinausgegangen war. Da mein Vater noch immer in

Russland war, sprach sie wahrscheinlich mit ihm. Sie blieb eine Weile außer Sichtweite, während ich das kleine Wesen beobachtete, das Gesicht, in dem nichts zu lesen war, das Fehlen von Gedanken und Persönlichkeit, ihre offenkundige Substanzlosigkeit, ihre unverdiente Anwesenheit. Und dann begann ich, sie zu ersticken, ihr die Kehle zuzudrücken, wie im Fernsehen. Sie war weich und warm und lebendig, ihre Existenz lag in meiner Hand. Ich spürte ihren winzigen Hals unter meinen Fingern, ich tat ihr weh, sie wand sich. Plötzlich wurde mir klar, dass ich das nicht tun durfte, ich durfte sie nicht umbringen, weil sie mein Schwesterchen war, weil ich sie liebte. Aber der Körper ist dem Denken immer ein Stückchen voraus, so dass ich noch eine Weile drückte, bis sie anfing zu würgen und Muttermilchklumpen erbrach. Ich erschrak bei dem Gedanken, dass ich sie verlieren könnte. Sie hieß Kristina, ich war ihr großer Bruder. Sie sollte leben, damit ich sie umso mehr lieben konnte. Ich wusste zwar, wie ich ihr Leben beenden, nicht aber, wie ich ihren Tod verhindern konnte.

Meine Mutter hörte ihr verzweifeltes Geschrei, warf den Hörer hin und kam herbeigelaufen. Sie nahm meine Schwester in den Arm, redete ihr beruhigend zu, wischte das Erbrochene weg, ließ sie tief einatmen und verlangte dann eine Erklärung von mir. Meine gerade entdeckte Schwesterliebe und das damit verbundene Schuldgefühl hatten meine instinktiven Selbstverteidigungsimpulse aber keineswegs außer Kraft gesetzt. Kühn erklärte ich, dass sie angefangen habe zu schreien, und dass ich ihr bloß die Hand auf den Mund gelegt hätte, damit unsere Mutter beim Telefonieren nicht gestört würde. In meiner ganzen Kindheit wusste ich immer mehr, als meine Eltern dachten – ich war immer etwas älter als der, den sie vor sich sahen. In diesem Fall nahm ich schamlos gute Absichten und kindliche Unwissenheit für mich in Anspruch, woraufhin ich gewarnt und mir vergeben wurde. Eine Weile stand ich zweifellos unter Beobachtung, aber ich habe seitdem nicht mehr versucht, Kristina umzubringen, sondern sie unentwegt geliebt.

Die Erinnerung an diesen versuchten Schwestermord ist das früheste Bild, in dem ich mich von außen sehe. Ich sehe mich und meine Schwester. Nie wieder würde ich allein auf der Welt sein, nie wieder würde ich die Welt ausschließlich für mich haben. Nie wieder würde mein Ich ein souveränes Territorium sein, in dem andere nicht existierten. Nie wieder würde ich die Schokolade für mich ganz allein haben.

2. Wer sind wir?

Für ein Kind, das in den frühen Siebzigern in Sarajevo aufwuchs, war die *raja* die wichtigste soziale Ordnung. Wer überhaupt Freunde hatte, hatte eine *raja*, aber normalerweise definierte sich die *raja* über das Viertel oder den Häuserblock, in dem man wohnte. Wir verbrachten den größten Teil unserer freien Zeit auf der Straße bei irgendwelchen Spielen. Jede *raja* hatte eine Altershierarchie. Die *velika raja* waren die Älteren, zu deren Pflichten es gehörte, die *mala raja,* die Jüngeren, vor Angriffen oder Überfällen einer anderen *raja* zu schützen. Die Älteren hatten Anspruch auf bedingungslosen Gehorsam der Jüngeren, die jederzeit losgeschickt werden konnten, Zigaretten oder Schmuddelhefte, Bier und Kondome zu kaufen, oder gnadenlose Schikanen über sich ergehen lassen mussten – mein Kopf musste oft eine Kanonade der gefürchteten *mazzolas* aushalten. Viele *rajas* trugen den Namen ihres Anführers, meist des Stärksten, Härtesten. Wir fürchteten uns beispielsweise vor der *raja* von Ćiza, der ein bekannter *jalijaš* war, ein Schläger. Ćiza war schon so alt, dass er in diverse kleinkriminelle Aktionen verwickelt war, weshalb wir ihn nie zu Gesicht bekamen. Ihn umgab etwas Mythologisches, während sein jüngerer Bruder Zeko für das Alltagsgeschäft zuständig war. Vor ihm hatten wir ganz besonders Angst.

Meine *raja* war eine unbedeutende, schwache Truppe, da wir keinen Anführer hatten – unsere älteren Jungs nahmen die Schule nämlich sehr ernst. Wir definierten uns über den Spielplatz in unserer sozialistischen Plattenbausiedlung, in der wir wohnten. In unserem Sprachgebrauch hieß er »der Park«. In der Geopolitik unseres Viertels, das seinerzeit den Namen *Stara stanica* (alter Bahnhof) trug, waren wir als Parkaši bekannt. Der Park war nicht nur mit den spielplatzüblichen Dingen ausgestattet, Rutsche, drei Schaukeln, Sandkasten, Karussell, sondern auch mit Bänken, die uns beim Fußballspielen als Tore dienten. Und vor allem gab es Büsche, in denen wir unsere *loga* hatten, unsere Basis, wohin wir uns vor Ćiza marodierender *raja* in Sicherheit bringen konnten, wo wir Sachen horteten, die wir zu Hause gestohlen oder anderen, schwächeren Kindern abgenommen hatten. Der Park war daher unsere rechtmäßige Domäne, unser souveränes Territorium, das Fremde nicht betreten durften, schon gar nicht Mitglieder einer anderen *raja* – jeder verdächtige Unbekannte wurde sicherheitshalber durchsucht oder gleich vertrieben. Einmal führten wir erfolgreich Krieg gegen eine Gruppe von Teenagern, die glaubten, in unserem Park rauchen, trinken und herumknutschen zu können. Wir bewarfen sie mit Steinen und nassen Papiergeschossen, wir nahmen sie uns einzeln vor, schlugen ihnen mit langen Stöcken auf die Beine, während sie hilflos mit den Armen ruderten. Manchmal versuchte eine *raja,* die Herrschaft über den Park zu erlangen, und dann kam es zu Krieg – wir schlugen uns die Köpfe ein, hatten blaue Flecken am ganzen Körper, denn jeder von uns ging mit äußerster Entschlossenheit vor. Nur wenn der mächtige Zeko mit seinen Jungs auftauchte, mussten wir mitansehen, wie sie auf unserer Rutsche rutschten, auf unseren Schaukeln schaukelten, in unseren Sandkasten pissten und in unser Gebüsch kackten. Wir konnten uns nur ausmalen, welch gnadenlose Rache wir später einmal üben würden.

Wenn ich nicht in der Schule war oder Bücher las, machte ich bei irgendwelchen kollektiven Unternehmungen meiner *raja* mit. Wir schützten nicht nur die Souveränität des Parks und führten diverse Kriege, sondern besuchten einander zu Hause, tauschten Comics und Anstecknadeln von Fußballclubs, stahlen uns gemeinsam in das nahegelegene Kino »Arena«, suchten im elterlichen Schlafzimmer nach Hinweisen auf sexuelle Aktivitäten und gingen zu Geburtstagsfeiern. Meine oberste Loyalität galt der *raja*, andere kollektive Zugehörigkeiten waren vollkommen abstrakt und absurd. Gewiss, wir alle waren Jugoslawen und Pioniere, und wir liebten Tito, den Sozialismus und unser Heimatland, aber dafür wäre ich nie in den Krieg gezogen, und nie hätte ich mich dafür verprügeln lassen. Unsere anderen Identitäten, etwa die jeweilige Volksgruppe, spielten keine Rolle. Wenn wir uns überhaupt einer bestimmten Volksgruppenzugehörigkeit bewusst waren, so bezog sich das auf die altmodischen Gewohnheiten der Erwachsenen, die mit unseren täglichen Unternehmungen nichts zu tun hatten, schon gar nichts mit unserem Kampf gegen die Tyrannei von Zeko und seinen Mannen.

Eines Tages gingen wir zu Almirs Geburtstagsfeier. Almir war etwas älter als ich und daher eine Autorität in vielen Dingen, von denen ich nichts verstand, einschließlich der Sprengkraft von Asbest, der bei uns »Glaswolle« hieß und uns praktisch unbeschränkt zur Verfügung stand. Als Almir einmal eine Handvoll Glaswolle, in Papier eingewickelt, wie eine Handgranate warf, duckte ich mich, denn er hatte uns eine Explosion versprochen, die jedoch ausblieb. Almir war auch alt genug, um sich für Rockmusik zu interessieren, weshalb er auf seiner Geburtstagsfeier »Bijelo Dugme« auflegte, die Rockband aus Sarajevo, die mit ihren langen Haaren und ihrer antisozialen, antisozialistischen, dummen Musik unsere Eltern in Angst und Schrecken versetzte. Abgesehen davon war Almirs Geburtstagsfeier wie jede andere auch – wir aßen belegte Brote, tranken Limonade, sahen zu, wie er die Kerzen auf der Torte ausblies, und überreichten unsere Geschenke.

Almir hatte sich festlich angezogen, in diesem Fall bedeutete das ein schwarz-orange gestreifter Pullover, weich und vergleichsweise schick – unsere sozialistischen Sachen waren ausgesprochen eintönig. Es war ganz sicher kein jugoslawischer Pullover. Auf meine Frage, woher er sei, antwortete Almir: »Aus der Türkei.« Da rief ich: »Dann bist du also ein Türke!« Das sollte ein Scherz sein, aber niemand lachte. Niemand fand diese Bemerkung witzig. Meine Pointe, dass der ausländische Pullover Almir in einen Ausländer verwandelt hatte, war ja nur möglich, weil es offenkundig nicht zutraf. Der verunglückte Witz veränderte die Geburtstagsstimmung. Almir fing, für mich völlig unerklärlich, auf einmal an zu weinen, und alle anderen schauten mich vorwurfsvoll an. Ich bat sie, mir zu erklären, was ich gesagt hatte. Doch da sie nichts sagen wollten oder konnten, unternahm ich selbst einen Erklärungsversuch, was die ganze

Sache nur noch schlimmer machte. Man erspare es mir, den Weg in die Katastrophe zu schildern – die Geburtstagsfeier war rasch vorbei, alle gingen nach Hause, und für alle stand fest, dass ich den Tag ruiniert hatte. So zumindest habe ich es in schuldbewusster Erinnerung.

Meine Eltern erklärten mir dann, dass »Türke« eine abfällige, rassistische Bezeichnung für einen bosnischen Muslim sei. (Jahre später erinnerte ich mich an meine unbeabsichtigte Beleidigung, als ich Ratko Mladić im Fernsehen sah, der nach dem Einmarsch in Srebrenica, wo unter seinem Kommando achttausend bosnisch-muslimische Männer ermordet werden sollten, in die Kameras rief: »Dies ist der jüngste Sieg in einem fünfhundertjährigen Krieg gegen die Türken.«) Nach Almirs Geburtstagsfeier lernte ich, dass ein Wort wie »Türke« verletzen konnte. Offenbar hatten das alle schon gewusst. Ich hatte Almir durch diese Bezeichnung zu einem *anderen* gemacht, ihn aus unserer Gruppe, wie immer sie definiert war, quasi ausgeschlossen. Dabei hatte sich mein Witz auf die Belanglosigkeit von Unterschieden bezogen – da wir derselben *raja* angehörten, in vielen Kriegen Seite an Seite gekämpft hatten, sorgte der Pullover für einen nur momentanen und völlig belanglosen Unterschied. Ich konnte diesen Witz eben deswegen machen, weil es keinen wesentlichen Unterschied zwischen uns gab. Sobald man aber auf einen Unterschied hinweist, betritt man, wie alt man auch sein mag, ein bereits existierendes System von willkürlichen Unterscheidungen und Identitäten, das mit den eigenen Absichten nichts zu tun und auf das man keinen Einfluss hat. Wer jemanden zu einem anderen macht, macht sich selbst zu einem anderen. Indem ich idiotischerweise auf Almirs nicht existierenden Unterschied hinwies, schloss ich mich selbst aus meiner *raja* aus.

Erwachsenwerden heißt leider auch, dass man lernt, sich Abstraktionen verpflichtet zu fühlen – dem Staat, der Nation, einer Idee. Man gelobt Treue, man liebt den Führer. Man lernt, Unterschiede zu erkennen und wichtig zu finden, man lernt, wer man wirklich ist, man lernt, dass Generationen von Toten mit ihren unbegreiflichen Errungenschaften einen zu dem gemacht haben, der man ist. Man muss seine Loyalität gegenüber einer abstrakt definierten Gemeinschaft bekennen, die weit über das Individuum hinausreicht. Von daher ist die *raja* kaum als soziale Einheit zu verstehen, die Loyalität ihr gegenüber – gegenüber dem »Wir«, das so konkret ist, dass ich heute noch die Namen ihrer Mitglieder aufsagen könnte – reicht nicht.

Ich kann nicht behaupten, dass meine Beleidigung direkt dazu führte, dass unsere Kriege und die goldenen Tage unserer Souveränität im Park bald darauf endeten. Irgendwann wurden die Konflikte mit anderen *rajas* durch Fußballspielen gelöst, worin wir nicht besonders gut waren. Wir konnten Zeko und seine Mannschaft noch immer nicht schlagen, weil sie bestimmten, was ein Foul oder ein Tor war. Wir trauten uns nicht, sie auch nur zu berühren, und selbst wenn wir ein Tor schossen, wurde es nie gegeben.

Almir war kein guter Fußballspieler. Er beschäftigte sich immer mehr mit »Bijelo Dugme«, einer Band, die ich nicht leiden konnte. Bald beschäftigte er sich auch mit Mädchen, führte ein ganz anderes Leben als wir, wurde lange vor uns ein anderer. Ich weiß nicht, wo er heute lebt oder was aus ihm geworden ist. Unser »Wir« existiert nicht mehr.

3. Wir und sie

Im Dezember 1993 trafen meine Schwester und meine Eltern als Flüchtlinge in Hamilton (Ontario) ein. In den ersten Monaten besuchten meine Eltern einen Englisch-Sprachkurs, während Kristina bei Taco Bell arbeitete, einem Schnellrestaurant mit mexikanischer Küche (sie sprach nur von »Taco Hell«). Es war eine schwierige Zeit für sie, wegen der Sprache, die meinen Eltern fremd war, wegen des allgemeinen Schocks des Exils und des kalten Klimas, das einem spontanen menschlichen Miteinander nicht sehr förderlich ist. Für meine Eltern war die Jobsuche eine furchteinflößende Unternehmung ungeahnten Ausmaßes, aber Hamilton ist eine Stahlarbeiterstadt voller arbeitswilliger Einwanderer, viele Kanadier der ersten Generation sind daher freundlich und hilfsbereit gegenüber ihren neuen Mitbürgern. Bald fanden meine Eltern auch tatsächlich Arbeit – Vater in einem Stahlwerk, Mutter als Hausmeisterin in einem großen Gebäude, in dem zahlreiche Einwanderer wohnten.

Aber schon nach kurzer Zeit begannen meine Eltern, die Unterschiede zwischen uns, den Bosniern oder Exjugoslawen, und ihnen, den Kanadiern, systematisch zu registrieren. Diese theoretisch endlose Liste enthielt Dinge wie saure Sahne (unsere saure Sahne, *mileram,* war sahniger und schmackhafter), Lächeln (sie lächeln, aber es ist aufgesetzt), Babys (werden bei strengem Frost nicht dick eingewickelt), nasse Haare (sie gehen törichterweise mit nassen Haaren aus, riskieren eine tödliche Hirnhautentzündung), Kleidung (ihre Sachen gehen kaputt, sobald man sie ein paar Mal gewaschen hat) und so weiter und so fort. Meine Eltern waren natürlich nicht die Einzigen, die auf diese Unterschiede achteten. In der Anfangszeit bestand ihr soziales Leben weitgehend aus Begegnungen mit Leuten aus der alten Heimat, mit denen sie über die Andersartigkeiten in Kanada diskutierten. Einmal hörte ich einen Bekannten meiner Eltern einigermaßen fassungslos über die grundsätzlichen Unterschiede sprechen, die er aus der Beobachtung ableitete, dass *wir* unser Essen lange auf kleiner Flamme garen (*sarma,* Kohlrouladen, sind ein gutes Beispiel), während *sie* das Essen kurz in siedend heißes Öl werfen. In unserer Neigung zu langsam zubereitetem Essen zeige sich unsere Liebe zum Essen, also auch zum Leben. Sie dagegen verstünden nichts von Lebenskunst, was auf den entscheidenden Unterschied hinweise – wir hätten eine Seele, sie nicht. Und selbst wenn diese Analyse der kanadischen Küche zutraf – dass sie friedliebende Leute waren und wir mitten in einem brutalen Krieg standen, der nun wahrlich nicht als Ausdruck von Lebensfreude bezeichnet werden konnte, schien den guten Mann nicht zu irritieren.

Irgendwann hörten meine Eltern auf, sich derart intensiv mit den Unterschieden zu beschäftigen, und sei es nur, weil sie keine Beispiele mehr fanden. Vermutlich waren sie aber einfach integriert. Mit den Jahren war die Familie durch weitere Einwanderung und Eheschließungen und Nachwuchs immer größer geworden, neben den naturalisierten gehörten mittlerweile auch gebürtige Kanadier dazu. Und da wir einige von ihnen kennengelernt und geheiratet haben, ließ sich das *Wir und sie* im Grunde nicht mehr aufrechterhalten – die Klarheit und Bedeutung der Unterschiede setzte fehlenden Kontakt voraus und entsprach der wechselseitigen Distanz. Theorien über Kanadier konnte man nur aufstellen, wenn man mit ihnen nicht verkehrte, also einen abstrakten Idealkanadier vor sich sah, die genaue Gegenprojektion von sich. Sie waren das Gegenteil von uns, wir das Gegenteil von ihnen.

Der Hauptgrund für diese spontane theoretische Unterscheidung war der Wunsch meiner Eltern, sich heimisch zu fühlen, der zu sein, der man ist, weil sich die anderen ebenfalls heimisch fühlen. In einer Situation, in der meine Eltern sich entwurzelt fühlten und minderwertig gegenüber den Kanadiern, die sich in Kanada nicht fremd fühlten, war das ständige Vergleichen eine Möglichkeit, sich mit ihnen – zumindest verbal – gleichzusetzen. Wir konnten uns gleichberechtigt fühlen, weil wir uns mit ihnen vergleichen konnten – auch wir hatten ein Zuhause. Unsere Lebensart war mindestens so gut wie die ihre, wenn nicht besser – man denke nur an unsere saure Sahne oder das langsame Köcheln von *sarma*. Ganz abgesehen davon, dass sie unsere Witze nicht verstanden und ihre Witze überhaupt nicht komisch waren.

Die instinktive Selbstrechtfertigung meiner Eltern konnte aber nur eine kollektive sein, denn genau das hatten sie aus der alten Heimat mitgebracht, wo man seine soziale Legitimation durch Zugehörigkeit zu einem identifizierbaren Kollektiv bezog – einer größeren, wenn auch abstrakteren *raja*. Auch eine Alternative – sich beispielsweise als Professor zu definieren – stand ihnen nicht zur Verfügung, da ihre akademische Karriere in der Emigration zerbrochen war.

Interessanterweise passt die Notwendigkeit kollektiver Selbstlegitimierung ganz hervorragend zum neoliberalen Multikulti-Traum, der Vorstellung von einem toleranten Zusammenleben mit vielen *anderen*. Zugehörigkeit setzt also Unterschiede voraus – solange wir wissen, wer wir sind und wer nicht, sind *wir* so gut wie *sie*. In einer multikulturellen Gesellschaft gibt es viele *andere*, was aber kein Problem sein sollte, solange diese *anderen* sich innerhalb ihrer kulturellen Welt bewegen und ihren Wurzeln treu bleiben. Es gibt keine Hierarchie der Kulturen, es sei denn, man misst sie an ihrer Toleranz, insofern westliche Demokratien allen anderen Gesellschaften natürlich haushoch überlegen sind. Und wo große Toleranz herrscht, kann Buntheit gefeiert und das exotische Speiseangebot, garniert mit unverfälschter Andersartigkeit, konsumiert werden (Willkommen in der Taco Hell!). Eine liebenswürdige Amerikanerin erklärte mir einmal: »Es ist doch schön, aus einer anderen Kultur zu kommen«, so als wären die »anderen Kulturen« ein paradiesischer Archipel im Pazifik, lauter Wellness-Bäder, unverdorben und frei von den Problemen der Industriegesellschaften. Ich brachte es nicht übers Herz, ihr zu sagen, dass ich dummerweise, manchmal aber Gott sei Dank, ein komplizierter Mensch bin.

4. Das bin ich

Einwanderung führt auch zu einer Art Selbstverleugnung. In der Emigration bildet sich ein kompliziertes Verhältnis zur Vergangenheit heraus, zu dem Ich, das früher an einem anderen Ort lebte, wo die Eigenschaften, die uns ausmachten, nicht zur Disposition standen. Einwanderung ist eine ontologische Krise, weil man die Bedingungen des eigenen Seins unter immer neuen Bedingungen verhandeln muss. Der Einwanderer strebt mit Hilfe systematischer Nostalgie – hier ist meine Story! – nach narrativer Stabilität. Meine Eltern verglichen sich ständig zu ihrem Vorteil mit Kanadiern, eben weil sie sich minderwertig fühlten und ontologisch verunsichert waren. Für sie war es eine Möglichkeit, eine wahre Geschichte von sich zu erzählen, sich selbst oder jedem, der sie hören wollte.

Und gleichzeitig wird das Ich durch die Einwanderung verwandelt – wer immer wir waren, wir sind jetzt gespalten zwischen dem *Wir hier* (beispielsweise in Kanada) und dem *Wir dort* (beispielsweise in Bosnien). Denn für das *Wir-hier* ist das *Wir* noch immer identisch mit dem älteren *Wir*, das nun mehrheitlich in Bosnien lebt. Wir können gar nicht anders, als uns aus der Perspektive des *Wir dort* zu betrachten. Aus Sicht ihrer Freunde in Sarajevo sind meine Eltern, trotz ihrer eifrigen Abgrenzungsbemühungen, zumindest partiell Kanadier, was ihnen natürlich nicht entgehen kann. Sie sind Kanadier geworden, und das sehen sie, weil sie Bosnier geblieben sind.

Der unabwendbare Integrationsdruck geht Hand in Hand mit der Vision von einem Leben, das meine Eltern führen könnten, wenn sie tatsächlich Kanadier wären. Tagtäglich sehen sie, dass die Kanadier ein »normales Leben« führen, wie das in der Sprache der Emigranten heißt, ein Leben, das ihnen – trotz aller Integrationsversprechungen – letzten Endes verwehrt ist. Sie sind diesem Leben näher als die Bosnier in der alten Heimat, so dass sie sich tatsächlich vorstellen können, ein normales kanadisches Leben zu führen – meine Eltern können sich als die anderen imaginieren, weil sie so viel Zeit und Energie auf den Vergleich mit ihnen verwendet haben. Trotzdem werden sie nie zu ihnen gehören.

Die beste theoretische Auseinandersetzung mit diesem Thema ist ein bosnischer Witz, der in der Übersetzung einiges verliert, aber doch seine (typische) Klarheit bewahrt:

Der Bosnier Mujo ist nach Chicago ausgewandert. Er schreibt regelmäßig an Suljo, lädt ihn ein, aber Suljo will seine Freunde und sein *kafana* (ein Kaffeehaus oder Lokal, wo man stundenlang bei Kaffee oder einem Glas Wein sitzen kann) nicht im Stich lassen. Nach jahrelangen hartnäckigen Bemühungen Mujos willigt er schließlich ein und fliegt nach Amerika. Mujo erwartet ihn am Flughafen in einem riesigen Cadillac.

»Wem gehört das Auto?«, fragt Suljo.

»Mir natürlich«, sagt Mujo.

»Ein toller Schlitten«, sagt Suljo. »Du hast es gut getroffen.«

Sie steigen ein, fahren in die Stadt. Mujo sagt: »Siehst du das Gebäude dort drüben, hundert Stockwerke hoch?«

»Ja«, sagt Suljo.

»Das gehört mir.«

»Schön«, sagt Suljo.

»Und siehst du die Bank dort im Erdgeschoss?«

»Ja.«

»Das ist meine Bank. Wenn ich Geld brauche, geh ich einfach hin und nehme mir, was ich brauche. Und siehst du den Rolls-Royce davor?«

»Ja.«

»Der gehört mir. Ich habe viele Banken, und vor jeder steht ein Rolls.«

»Gratuliere«, sagt Suljo. »Das ist sehr schön.«

Sie fahren in Richtung Stadtrand, wo die Häuser große Rasengrundstücke haben und die Straßen mit alten Bäumen gesäumt sind. Mujo zeigt auf ein Haus, groß und weiß wie ein Krankenhaus.

»Siehst du das Haus dort? Das ist mein Haus«, sagt Mujo. »Und siehst du den gigantischen Swimmingpool daneben? Das ist mein Pool, jeden Morgen schwimme ich darin.«

Am Swimmingpool liegt eine attraktive, rassige Frau in der Sonne, ein Junge und ein Mädchen planschen im Wasser.

»Siehst du die Frau? Das ist meine Frau. Und die wunderbaren Kinder sind meine Kinder.«

»Sehr schön«, sagt Suljo. »Und wer ist der muskulöse, braungebrannte junge Mann, der deine Frau massiert und sie auf den Hals küsst?«

»Das bin ich«, sagt Mujo.

5. Wer sind sie?

Die neokonservative Auffassung vom Anderssein lautet: Die anderen sind okay und akzeptabel, solange sie nicht versuchen, illegal ins Land zu kommen. Sofern sie bereits hier sind, und zwar legal, müssen sie sich an unsere Lebensweise anpassen, deren erfolgreiche Normen ja schon lange feststehen. Die Entfernung zwischen den anderen und uns bemisst sich daran, wie sie zu unseren Werten stehen, die für uns selbstverständlich sind (aber nicht für sie). Die anderen erinnern uns stets daran, wer wir sind – wir sind anders als sie und werden das auch immer bleiben, weil wir, kulturell und historisch, Anhänger von Marktwirtschaft und Demokratie sind. Einige von ihnen wollen so sein wie wir (wer möchte das nicht?), und das kann ihnen sogar gelingen, wenn sie klug sind und auf uns hören. Und viele von ihnen hassen uns, einfach so.

In einer Rede vor den Dozenten und Studenten eines College in Iowa im Januar 2000 hat George W. Bush das neokonservative Verständnis vom Anderssein in seiner unverwechselbar dümmlichen und doch erstaunlich präzisen Art formuliert: »Als ich studierte, war die Welt ein gefährlicher Ort, und man wusste genau, wer die anderen waren. Es hieß: Wir gegen sie, und es war klar, wer die anderen waren. Heute können wir nicht mehr so sicher sein, wer die anderen sind, aber wir wissen, dass es sie gibt.«

Und dann, am 11. September 2001, tauchten *sie* mit ihren Flugzeugen auf, und nun sind sie überall, dank einer gefälschten Geburtsurkunde auch im Weißen Haus. Und ab und zu schnappen wir sie und schaffen sie in Geheimflugzeugen nach Guantánamo oder verhaften sie bei Razzien und deportieren sie oder verlangen von ihnen, unmissverständlich zu erklären, dass sie keine von denen sind. Und wer sie auch sein mögen, wir müssen den Krieg gegen sie gewinnen, damit wir allein auf der Welt sind.

6. Was bist du?

Hier ist eine Geschichte, die ich gern erzählen möchte. Ich habe sie in einer kanadischen Zeitung gelesen, sie aber schon so oft erzählt, dass ich manchmal glaube, sie erfunden zu haben.

Ein kanadischer Politologieprofessor reiste während des Krieges nach Bosnien. Er selbst war im ehemaligen Jugoslawien geboren worden, aber seine Eltern waren nach Kanada ausgewandert, als er noch ein Kind war, das heißt, er hatte einen erkennbar jugoslawischen Namen. Nun fuhr er, ausgestattet mit einem kanadischen Pass und einem UNPROFOR-Ausweis, begleitet und beschützt von Blauhelmsoldaten, durch das Land, um den Krieg zu studieren. Mit seinem kanadischen Pass und dem UNPROFOR-Ausweis kam er durch viele Checkpoints. Einmal wurde er jedoch angehalten, denn ein jugoslawischer Name in einem kanadischen Pass, das erregte die Neugier der Soldaten. Sie fragten: »Was sind Sie?« Er war sicher furchtbar nervös und verängstigt. Er sagte: »Ich bin Professor.« Für die patriotischen Soldaten an dem Checkpoint muss seine Antwort eine kindliche Unschuld verraten haben, denn sie stellten ihm keine weiteren Fragen zu seiner Tätigkeit und winkten ihn durch.

Sie lachten bestimmt oder erzählten sich Geschichten über ihn. Für sie muss er eine irreale Erscheinung gewesen sein.

Um für die tapferen Männer am Checkpoint überhaupt als Mensch verständlich zu sein, musste er über eine klar definierte, offensichtliche ethnische Identität verfügen. Die ethnische Abstammung des Professors war die einzig relevante Information über ihn. Seine Kenntnisse in Politikwissenschaft und Pädagogik waren völlig irrelevant in diesem Teil der Welt, der in verschiedene, nebeneinander existierende Systeme ethnischen Andersseins aufgeteilt war – wie in den meisten anderen Teilen der Welt. Der Professor musste sich in Bezug auf »andere« definieren, aber ihm fielen in dieser Situation keine anderen ein.

Um wieder Professor zu sein, musste er nach Kanada zurückkehren, wo er möglicherweise meinen Eltern begegnete, die in ihm bestimmt ein Musterexemplar der ihren sahen.

7. Was bin ich?

Meine Schwester kehrte nach dem Krieg nach Sarajevo zurück, um dort, ausgestattet mit einem kanadischen Pass, als politische Beraterin zu arbeiten. Im Rahmen ihrer Tätigkeit kam sie mit vielen ausländischen und einheimischen Politikern und Beamten zusammen. Weil sie einen ethnisch nicht ganz eindeutigen Namen hatte und weil sie Bosnisch und Englisch sprach, war sie schwer einzuordnen. Einheimische, aber auch Ausländer fragten sie oft: »Was sind Sie?« Kristina, tough und schlagfertig (sie hat als Kind einen Anschlag überlebt), stellte dann immer die Gegenfrage: »Warum wollen Sie das wissen?« Die Leute fragten natürlich, weil sie wissen wollten, woher sie kam, um daraus zu schließen, wie sie dachte, welche ethnische Gruppierung sie in Wahrheit vertrat, welche Ziele sie verfolgte. Als Mensch, als Frau war sie irrelevant für diese Leute, denn auch wenn sie gebildet war und ihren eigenen Kopf hatte, ihre ethnisch geprägte Denkweise würde sie nicht verleugnen können. Sie war sozusagen hoffnungslos in ihre Wurzeln verstrickt.

Die Frage war natürlich rassistisch. Politisch sensiblere Ausländer reagierten auf Kristinas Gegenfrage zunächst verlegen, hakten aber nach kurzem Zögern nach, während die Einheimischen unbekümmert weiterfragten – solange sie ihre Volksgruppenzugehörigkeit nicht zu erkennen gab, konnte man nicht wissen, was sie dachte und wer sie überhaupt war. Am Ende sagte sie: »Ich bin Bosnierin«, was keine Volksgruppe bezeichnet, sondern eine ihrer beiden Staatsangehörigkeiten ist – eine äußerst unbefriedigende Antwort für die internationalen Administratoren, die mutig in bosnischen Amtsstuben und teuren Restaurants sitzen.

Nach den Erfahrungen meiner Schwester bin ich oft geneigt, auf die Frage »Was sind Sie?« stolz zu antworten: »Schriftsteller.« Aber das passiert selten, denn es ist nicht nur prätentiös, sondern auch ungenau – als Schriftsteller empfinde ich mich nur, wenn ich schreibe. Ich sage also, ich sei kompliziert. Ich würde auch gern hinzufügen, dass ich im Grunde genommen ein Wirrwarr unbeantwortbarer Fragen bin, ein Haufen anderer.

Ich könnte auch sagen, dass es für eine Antwort noch zu früh ist.

Sound and Vision

In den frühen 1980ern war mein Vater eine Zeitlang in Zaire, um beim Aufbau der Stromversorgung in Kinshasa mitzuhelfen. Im Sommer 1982 kam er nach Sarajevo, um uns, meine Mutter, Kristina und mich, zu einem sechswöchigen Ferienaufenthalt in Zaire abzuholen. Höhepunkt sollte eine Safari sein. Ich war siebzehn, Kristina vier Jahre jünger. Da wir noch nie im Ausland gewesen waren, hatten wir schlaflose Nächte, in denen wir uns ausmalten, was wir alles erleben würden. Tagsüber verfolgte ich jedoch die Fernsehübertragungen von der Fußballweltmeisterschaft, und ohnehin hatte ich erklärt, dass ich vor dem Endspiel nirgendwo hingehen würde. Sobald Jugoslawien, wie üblich, schon früh ausgeschieden war, schlug ich mich begeistert auf die Seite der Italiener. Wenige Tage vor unserer Abreise jubelte ich den Azzurri zu, die im Endspiel Deutschland eindrucksvoll 3:1 schlugen.

Und dann waren wir unterwegs nach Afrika. Der erste Zwischenstopp war in Rom, wo wir in eine Air-Zaire-Maschine nach Kinshasa umsteigen würden. In Fiumicino stellte sich heraus, dass die Verbindung ohne Angabe von Gründen bis auf weiteres gestrichen worden war. Mein Vater kümmerte sich um alles. Er sprach mit den Vertretern von Air Zaire, ließ unser Gepäck zurückkommen, zeigte den italienischen Grenzbeamten unsere Pässe. Ein überfüllter Zubringerbus brachte uns zu einem nahegelegenen Hotel, wo wir auf unseren Flug warten sollten.

Kristina und ich wollten unbedingt herausfinden, was an diesem ganzen Getue um Auslandsreisen wirklich dran war. Was wir während der Busfahrt sahen, erschien uns nicht sonderlich beeindruckend. Nichtssagende Gebäude, mit italienischen Fahnen geschmückt, Schaufenster, ausstaffiert mit Fotos der Nationalmannschaft. Vater, schon immer ein großer Optimist, versprach, dass wir, sobald wir unser Hotelzimmer bezogen hatten, nach Rom fahren würden, eine halbe Stunde mit dem Zug entfernt. Er war unser Führer in dieser fremden Welt. Er sprach hartes, schlechtes Englisch mit den Flughafenangestellten, er fand den Zubringerbus, er tauschte Geld und entnahm es seinem kleinen Portemonnaie mit dem Selbstbewusstsein eines Mannes, dem fremde Währungen vertraut sind. Kristina und ich beobachteten stolz, wie er für die Hemons zwei Zimmer buchte. Er war eine auffällige Erscheinung in seinem blauen Hemd, er zwinkerte uns zu und schien alles im Griff zu haben.

Doch plötzlich zeichneten sich dunkle Schweißflecken auf seinem Hemd ab, und erregt ging er in der Hotelhalle hin und her. Sein Portemonnaie war verschwunden. Er lief hinaus, um nachzusehen, ob er es vielleicht im Zubringerbus liegengelassen hatte, doch auch der Bus war verschwunden. In seinem holprigen Englisch fuhr er den Rezeptionisten an. Er befragte Gäste und Hotelangestellte, die sich zufällig in der Lobby aufhielten. Sein Hemd war mittlerweile klatschnass, er selbst schien vor einem Herzinfarkt zu stehen. Meine Mutter, die bislang in der Lobby gesessen und mit einem Zauberwürfel gespielt hatte, redete beruhigend auf ihn ein. Wir hätten ja noch unsere Pässe, sagte sie, nur das Geld sei gestohlen worden. (Da wir aus dem gelobten Land des Sozialismus kamen, besaßen wir keine Kreditkarten.) Kristina und ich erschraken: *mehrere tausend Dollar, unser ganzes Feriengeld.*

Wir waren also in einer unbekannten italienischen Stadt, ohne einen Pfennig Geld, den Tagesausflug nach Rom konnten wir vergessen, erst recht Afrika und die Safari. Die Aussicht, nach Sarajevo zurückkehren zu müssen, war real und niederschmetternd. Gegenüber vom Hotel erstreckte sich eine lange Mauer, über die hässliche, durstige Bäume die gestrandeten Touristen anstarrten. Vater telefonierte mit seinen Kollegen in Zaire, um ihnen mitzuteilen, dass wir irgendwo in Italien mittellos festsaßen, in der Hoffnung, dass sie ihn irgendwie aus diesem Schlamassel herausholen und ihm eine Reisemöglichkeit nach Zaire oder zurück nach Sarajevo organisierten. Er erfuhr, dass der Flug nach Kinshasa gestrichen worden war, weil ein kongolesischer General das Zeitliche gesegnet und der Diktator Mobutu alle drei interkontinentalen Flugzeuge von Air Zaire requiriert hatte, um mit seiner vielköpfigen Entourage zur Beerdigung zu fliegen.

Am nächsten Tag analysierte mein Vater noch immer jeden Moment der unglückseligen Reise, von der Fahrt zum Flughafen bis zur Rezeption, um zu erkennen, wo der clevere Dieb zugeschlagen hatte, denn dann würde er ihn identifizieren können. Am Ende kam er zu dem Schluss, dass der Diebstahl an der Rezeption stattgefunden haben musste. Er rekonstruierte den Ablauf der Ereignisse: Er hatte seine Tasche auf dem Tresen abgestellt, während er die Anmeldeformulare ausfüllte, und als er sich umdrehte, um uns zuzuzwinkern, hatte der Rezeptionist die Tasche rasch unter den Tresen geschoben. Also setzte sich mein Vater in die Lobby, beobachtete aufmerksam den Rezeptionisten, einen harmlos aussehenden jungen Mann, und wartete darauf, dass er einen verräterischen Fehler machte.

Kristina und ich saßen untätig herum. Da unser Walkman zwei Kopfhörerbuchsen hatte, konnten wir gemeinsam Musik hören. Wir machten den Fernseher auf unserem Zimmer an, aber die Filme waren italienisch synchronisiert (was uns allerdings den wunderbaren Anblick von John Wayne bescherte, der mit einem »Buon giorno!« in einen Saloon voller Halunken marschierte). Wir liefen durch die unbekannte Stadt, trotz allem aufgeregt, diese neue Welt kennenzulernen: der leichte Meergeruch, als läge die Stadt direkt am Wasser, die prächtige Einrichtung des Pastageschäfts an der Ecke, die unglaublich roten Tomaten und der

Marktlärm, die Geschäfte vollgepackt mit Dingen, nach denen sozialistische Teenager sich sehnten (Rockmusik, Jeans, Eis), Lokale, in denen laute Männer Wiederholungen von WM-Spielen sahen und den Triumph ihrer Mannschaft feierten. (Ich wollte das Endspiel noch einmal sehen, wollte Marco Tardelli sehen, der nach dem zweiten Tor in lautes Siegesgebrüll ausbrach, aber Kristina hatte keine Lust.) Als mittags die ganze Stadt zur Siesta dichtmachte, liefen wir einer Gruppe braungebrannter junger Leute hinterher, in der Annahme, dass es dort, wohin sie gingen, sicher lustig war, und wir endeten ganz unerwartet an einem Strand. Es stellte sich heraus, dass die Stadt Ostia hieß und tatsächlich am Meer lag.

Als wir von unserer Expedition zurückkehrten und die gute Nachricht überbringen wollten, sahen wir unseren Vater schwitzend in der Lobby sitzen und, wie ein selbsternannter Hoteldetektiv, den Rezeptionisten von weitem wachsam anstarren. Noch immer war es ihm nicht gelungen, den Verdächtigen bei einem erneuten Diebstahl zu erwischen oder Beweismaterial zusammenzutragen. Aus unserer Sicht war sein Ansehen als Führer leider ramponiert. Als wir verkündeten, dass wir Meerwasser entdeckt hätten, ließ Mutter von ihrem Zauberwürfel ab und übernahm das Kommando.

Zuerst ging sie mit uns in ein Juweliergeschäft, das wir in der Nähe entdeckten, und versetzte dort nach langem Feilschen ihre heißgeliebte goldene Halskette. Dann verteilte sie das Geld. Vater bekam aus naheliegenden Gründen nichts. Kristina und ich liefen sofort zu dem Plattenladen, in dem wir uns schon umgesehen hatten, legten unser Geld zusammen und kauften eine Kassette von David Bowies *Low.* Als wir ohne Schatz zurückkehrten, erklärte Mutter, dass wir abends einen gemeinsamen Spaziergang unternehmen würden. Ich habe noch immer lebhafte Erinnerungen an all die Gerüche, Klänge und Anblicke, die sich den Hemons boten, während sie fröhlich den Strand entlangschlenderten, als wären sie im Urlaub – die Eltern hielten Händchen wie ein Liebespaar, die Kinder schleckten Eis, das vom Familiengold bezahlt worden war. Trotz Katastrophe genossen die Hemons das Leben.

Tags darauf erklärte Vater, dass wir nach Brüssel fliegen und abends die Maschine nach Kinshasa nehmen würden – der General war bestattet, Mobutu hatte die Flugzeuge wieder freigegeben. Als wir das Hotel verließen, warf er dem Rezeptionisten einen letzten hasserfüllten Blick zu, doch Kristina und ich waren traurig, dass wir abfuhren. Am Haus gegenüber hing eine große Fahne, blau wie das schweißfleckige Hemd meines Vaters, mit der Aufschrift *»Grazie Azzurri«*.

Wir verbrachten einen Tag in Brüssel, bestaunten die Duty-free-Shops und die blitzsauberen Toiletten. Abends bestiegen wir tatsächlich das Flugzeug nach Afrika. Kristina und ich hingen an unserem Walkman und hörten Bowies wunderbares Album. Wir flogen entlang der Scheidelinie zwischen Nacht und Sonnenuntergang, hier völliges Dunkel, dort ein Horizont in spektakulären Flammen. In Ostia war etwas in uns erwacht, *Low* war der Soundtrack für dieses andere in uns. In dieser Nacht konnten wir nicht schlafen, immer wieder hörten wir die Kassette, bis die Batterien leer waren. *»Don't you wonder sometimes«*, sang Bowie bis nach Kinshasa, *»'bout sound and vision?«*

Mahlzeit!

In den glücklichen Tagen meiner fast unbeschwerten Jugend kehrten meine Eltern gegen 15.45 Uhr von der Arbeit zurück. Um vier gab es Mittagessen. Im Radio kamen die Vier-Uhr-Nachrichten, in denen über globale Krisen, internationale Katastrophen und die tröstlichen Siege des Sozialismus berichtet wurde. Die Eltern fragten meine Schwester und mich, wie es in der Schule gewesen war. Nie durften wir schweigend essen, und schon gar nicht dabei lesen oder Fernsehen schauen. Bis zum Wetterbericht um 16.25 Uhr musste alles besprochen sein, und um halb fünf war die Mahlzeit zu Ende. Wir mussten unsere Teller leer essen und uns bei unserer Mutter bedanken. Anschließend gingen alle auf ihr Zimmer, um ein Nickerchen zu halten, danach gab es Kaffee und Kuchen, manchmal auch Streit.

Meine Schwester und ich empfanden die Mahlzeiten als elterliches Herrschaftsinstrument. Regelmäßig beschwerten wir uns: die Suppe versalzen, die Erbsen öde, der Wetterbericht erstunken und erlogen, der Kuchen langweilig. Für uns Kinder bestand die ideale Mahlzeit aus *ćevapi* (gegrillte Hackfleischröllchen), Comics, lautstarker Musik, Fernsehen – und vor allem ohne Eltern und Wetterbericht.

Im Oktober 1983, mit neunzehn, wurde ich eingezogen. Meinen Militärdienst leistete ich in Štip, einer Stadt in Ostmazedonien, in der es, neben der Kaserne, auch eine Kaugummifabrik gab. Die Ausbildung bestand aus endlosen Demütigungen, angefangen bei der Verpflegung. Vor den Mahlzeiten mussten wir auf dem Kasernenhof antreten – wo unser Hunger durch den heranwehenden Kaugummigeruch noch verstärkt wurde –, und dann marschierten wir in den Speisesaal, schoben unsere verdreckten Tabletts weiter, und jeder überlegte, wie er ein größeres Stück Brot vom allmächtigen und gnadenlosen Küchenpersonal ergattern konnte.

Das Angebot war äußerst begrenzt, damit wir lernten, was *Dienen* bedeutete. Morgens gab es trocken Brot, ein Ei, ranzige Margarine, manchmal eine Scheibe klebrigen Kochschinken (wer schlau und fix war, was ich nicht war, konnte sie einem Muslim abhandeln), dazu gab es lauwarmen süßen Tee oder Magermilch in Plastikbechern, die seit Ewigkeiten nicht mehr richtig gespült worden waren. Zum Mittagessen gab es immer etwas, für das man einen Löffel benutzen musste. Dicke Bohnensuppe (unausstehlich), in der kleine Sprossen wie Maden schwammen, war sehr beliebt, weil sie die hungrigen Möchtegernheroen satt machte und endlose Furzwitze mit den entsprechenden Klangeffekten ermöglichte. Das Abendessen bestand aus aufbereiteten Resten vom Mittag, wenn es nicht einfach dasselbe war (irgendwann gab es neunmal hintereinander Erbsen), dazu ein

Becher mit einer Plörre auf Pflaumenbasis, die den Darm anregen sollte. Für Unterhaltungen war nie Zeit, denn wir mussten das grauenhafte Zeug rasch hinunterschlingen und dann anderen Hungrigen Platz machen. Einem hartnäckigen Gerücht zufolge wurde dem Essen regelmäßig Brom zugesetzt, das die Rekruten gefügig machen und Erektionen entgegenwirken sollte.

Und das waren die guten Mahlzeiten. Wie sehnten wir uns danach, wenn wir in der sonnenverbrannten mazedonischen Ebene den heldenmütigen Kampf gegen fremde Invasoren übten. Zwischen heroischen Siegen löffelten wir undefinierbares Zeug aus dem Feldgeschirr oder mampften unsere Feldverpflegung – fade Kekse, uralte Thunfischkonserven, ungenießbare Trockenfrüchte. Ewig hungrig, erinnerte ich mich vor dem Einschlafen an das Essen zu Hause und malte mir aufwendige Menüs aus, Lammkeule oder gefüllte Teigtaschen oder Spinatquiche. Diese Fantasien machten mich noch hungriger und noch deprimierter.

Abgesehen von der ständigen Schinderei, deren Ziel es war, richtige Männer aus uns zu machen, verstand sich die Armee als eine große Familie, eine auf Loyalität und Kameradschaft gegründete Männergemeinschaft, in der alles geteilt wurde. Tatsächlich haben wir nie etwas geteilt, höchstens die Fürze. Niemand hat die elterlichen Fresspakete mit anderen geteilt, und man ließ auch keine Nahrungsmittel in seinem Spind, den man nicht abschließen durfte – in der Jugoslawischen Volksarmee wurde schon jetzt das Plündern für künftige Kriege geübt. Wenn noch etwas übrig war, nachdem man sich den Bauch vollgeschlagen hatte, tauschte man es gegen saubere Socken und Hemden, gegen eine Extradusche oder gegen die Einteilung zum Wachdienst. Lebensmittel wurden nicht geteilt, weil das Überleben davon abhing. Ich konnte mir mühelos vorstellen, wie ich dem Feind heroisch entgegentrat, nur um eine Kugel in den Rücken zu bekommen und wegen der Thunfischdose in meiner Tasche zu sterben.

Der Einzige, der bereitwillig seine Verpflegung mit uns teilte, war ein Junge in meiner Einheit, der sofort nach seiner Ankunft in Hungerstreik trat, weil er keinen Militärdienst leisten wollte. Die Offiziere ignorierten ihn, weil sie überzeugt waren, dass er bluffte. Doch er wurde immer schwächer, und alle begriffen, dass es ihm ernst war, dass er bis zum Äußersten gehen würde. Die Offiziere bildeten sich aber ein, ihn durchschaut zu haben, und ließen den hungernden, geschwächten Rekruten bei jedem Appell und zur anschließenden Mahlzeit antreten. Einige Kameraden mussten ihn beim Strammstehen stützen und ihn dann in den Speisesaal führen. Plötzlich hatte er viele Freunde, alle waren wild entschlossen, dafür zu sorgen, dass seine Zuteilung nicht zurückging. Seine Helfer prügelten sich um das gekochte Ei, um das Stück Brot oder einen Teller Bohnensuppe, während er mit geschlossenen Augen lächelte und das hagere Gesicht auf den Tisch legte. Vielleicht war er schon im Delirium, aber mir schien, als träumte er vom

Essen daheim im Kreis der Familie. Ein paar Tage später war er verschwunden. Ich habe nie herausgefunden, was mit ihm passiert ist. Ich hoffe, er konnte nach Hause zurückkehren.

Einige Monate nach Beginn meines Militärdienstes unternahmen meine Mutter und meine Schwester eine Zweitagesreise, um mich am Wochenende zu besuchen. Ich war zu der Zeit in Kićevo in Westmazedonien stationiert, machte dort eine Ausbildung als Lastwagenfahrer. Das Wetter hielt sich an die trostlose Wettervorhersage, das heißt, wir verbrachten zwei Tage in einem trostlosen Hotel. Meine Mutter hatte schwere Tüten voller Lebensmittel mitgebracht, ein wahres Festmahl – Kalbsschnitzel, gebratenes Hühnchen, mit Spinat gefüllte Teigtaschen und sogar einen Käsekuchen. Sie breitete ein Handtuch auf dem Bett aus, da es keinen Tisch gab, und ich aß direkt aus dem Einwickelpapier, das meiste mit den Fingern. Beim ersten Bissen von der Spinatpastete stiegen mir Tränen in die Augen, und ich schwor mir, die Besonderheit unserer Mahlzeiten im Familienkreis stets in Ehren zu halten. Natürlich brach ich mein Versprechen gelegentlich, aber in dem Moment, als sich der unnachahmliche Geschmack von Spinat und Eiern und Käse und Blätterteig in meinem Mund ausbreitete, stieg all die Liebe in mir auf, die ein Neunzehnjähriger empfinden konnte.

Vor etwa hundert Jahren zogen meine Vorfahren väterlicherseits aus Galizien, der östlichsten Provinz der k. u. k.

Monarchie, nach Bosnien, das kurz zuvor Teil des Habsburgischen Reichs geworden war. Sie brachten ein paar Bienenstöcke mit, einen Eisenpflug, viele Lieder sowie ein Rezept für Borschtsch, der auf dem Balkan bis dahin unbekannt war.

Natürlich existierte dieses Rezept nicht in schriftlicher Form. Sie trugen es in sich, wie ein Lied, das man einmal gelernt hat. In den Sommern meiner Kindheit, die ich bei den Großeltern im ländlichen Nordwesten Bosniens verbrachte, begann ein Komitee von Tanten (meist singend) am frühen Morgen, diverse Gemüse vorzubereiten, darunter auch Rote Bete, und das Ganze dann in der heißen Küche unter großmütterlicher Aufsicht rücksichtslos zu kochen. Der Hemon'sche Borschtsch enthielt alles, was der Garten an Gemüse hergab – Zwiebeln, Kohl, Paprika, Bohnen, sogar Kartoffeln und mindestens ein Stück Fleisch (aus irgendeinem Grund aber nie Huhn), und durch die Bete wurde alles ununterscheidbar rot gefärbt. Ich habe festgestellt, dass niemand in meiner Familie genau weiß, was alles in den Borschtsch kommt, aber immerhin sind sich alle einig, dass die Suppe Rote Bete, Dill und Essig enthalten muss. Der jeweilige Anteil variiert je nach Koch oder Köchin, so wie ein Lied bei jedem Sänger anders klingt. Für die Hemons war auch immer klar, dass der Borschtsch mindestens eine mysteriöse Zutat enthielt (Karotten? Rüben? Erbsen?). Wie die Variante auch ausfallen mochte, der Borschtsch war nie schlecht. Die erfrischende Säure des Essigs, die bissfeste gewürfelte Rote Bete (die immer ganz zuletzt in den Topf kam), die verschiedenen Bestandteile, die bei jedem Löffelvoll einen etwas anderen Geschmack im Mund erzeugten – Borschtsch war immer spannend, nie langweilig.

Noch heute sehe ich meine Großmutter, die erfahrene Borschtsch-Köchin, mit einem riesengroßen dampfenden Topf aus der Küche kommen, in den Hof hinaustreten, Schweißperlen tropfen ihr von der Stirn und in den Borschtsch, geben ihm das besondere Etwas. Sie stellte den Topf auf einen langen Holztisch, an dem die Hemons saßen, erwartungsvoll und vor Hunger ganz unruhig. Dann wurde die Suppe mit der Schöpfkelle ausgeteilt, wobei jeder mindestens ein Stückchen Fleisch bekam. Wir waren oft so viele, dass wir in Schichten aßen. In einem Sommer zählten meine Schwester und ich siebenundvierzig Personen am großelterlichen Tisch, meist Verwandte von uns, und da die Lautstärke des Hemon'schen Schmatzens dem kulinarischen Genuss entsprach, produzierte der Borschtsch an diesem Tag eine wahre Sinfonie.

Die großelterliche Variante des Hemon'schen Mittagessens war schmackhaft, aber keine zeremonielle Angelegenheit. Die Mahlzeit sollte für all jene, die in der Hitze auf dem Feld gearbeitet hatten und anschließend, bis Sonnenuntergang, an ihre Arbeit zurückkehren würden, Kräftigung und Erholung sein. Was aufgetischt wurde, musste also einfach und sättigend sein, und Borschtsch war die perfekte Lösung. Wie alle traditionellen Gerichte in meiner Familie – *wareniki* (Piroggen) oder *steranka*, in Milch gekochte Teigstückchen (mein Vater bekommt schon feuchte Augen, wenn man nur das Wort erwähnt) – ist Borschtsch ein Armeleuteessen. Es soll nicht mit kulinarischer Raffinesse betören, sondern das Überleben garantieren. Alles, was mit dem Löffel gegessen wird, steht ziemlich weit oben in der Pyramide der Überlebensmittel, die das Fundament unserer Küche waren, und Borschtsch ist das denkbar schmackhafteste Löffelgericht. (Was an Sushi so besonders sein soll, wird uns Hemons ewig ein Rätsel sein.) Borschtsch muss in einem großen Topf zubereitet werden, er muss viele satt machen, und er sollte für mehr als nur eine Mahlzeit reichen. (Ich kann mich nicht erinnern, dass es irgendwann keinen Borschtsch gegeben hätte – der Topf war wundersamerweise nie leer.) Borschtsch gehört zu den Gerichten, die am nächsten Tag grundsätzlich besser schmecken. Borschtsch ist definitiv keine Zwei-Personen-Angelegenheit; man trifft sich nicht mit einem Freund zu einem Teller Borschtsch, und Borschtsch ist auch nichts für ein romantisches Tête-à-tête, selbst wenn man es schaffen sollte, dabei nicht zu schmatzen. Zu Borschtsch passt kein Wein. Ein perfekter Borschtsch ist ein utopisches Essen: Idealerweise ist *alles* drin, er wird gemeinsam zubereitet und gegessen und kann eingefroren und immer wieder aufgewärmt werden. Ein perfekter Borschtsch ist so, wie das Leben sein sollte, aber nie ist.

In meiner Chicagoer Anfangszeit habe ich in meiner Einsamkeit versucht, mich an die Freuden des Lebens in Bosnien zu erinnern, und nach gutem Borschtsch Ausschau gehalten – perfekten habe ich nicht erwartet. Was ich in ukrainischen Restaurants oder in Supermärkten fand, war bloß dünne Rote-Bete-Suppe, so dass ich den Hemon-Borschtsch aus meiner verworrenen Erinnerung rekonstruieren musste. Ich bereitete dann einen Topf für mich allein zu, der ein, zwei Wochen reichte. Aber er war, in diesem Land des traurigen Überflusses, auch nicht im Entferntesten das, woran ich mich erinnerte. Immer fehlte mindestens eine Zutat, von der geheimnisvollen ganz zu schweigen. Und es gibt nichts Deprimierendes als Borschtsch, den man allein löffelt. In dieser Situation wurde mir die Metaphysik von Mahlzeiten im Familienkreis klar – das Essen muss auf der niedrigen, aber beständigen Flamme der Liebe zubereitet und in einem Ritual unvergesslichen Zusammenseins verzehrt werden. Die entscheidende Zutat eines perfekten Borschtsch ist eine große, hungrige Familie.

Der Fall Kauders

Nolens volens

Während meines Studiums an der Universität Sarajevo freundete ich mich mit Isidora an. Wir beide studierten inzwischen Literaturwissenschaft, sie kam von der Philosophie her, ich von den Ingenieurswissenschaften. Wir lernten uns in der Marxismus-Vorlesung kennen. Der Professor mit den pechschwarz gefärbten Haaren, der schon ein paarmal in der Klapsmühle gewesen war, dozierte vorzugsweise über die allgemeine Conditio humana: Der Mensch gleiche einer Ameise, die sich in einer biblischen Flut an einen Grashalm klammere, und wir seien viel zu jung, als dass wir die Mühseligkeit unseres Daseins auch nur annähernd begreifen könnten. Isidora fand das ebenso sterbenslangweilig wie ich.

Ihr Vater war ein bekannter Schachautor, der mit zahlreichen berühmten Großmeistern, wie etwa Fischer, Kortschnoi und Tal, befreundet war. Er berichtete von Weltmeisterschaften und schrieb viele Bücher über das Schachspiel. Bekannt war vor allem sein Lehrbuch »Schach für Anfänger« (*Šahovska čitanka*), das in jedem schachbegeisterten Haushalt im Regal stand, also auch bei uns. Wenn ich Isidora besuchte, war sie manchmal dabei, ihrem Vater bei

Fahnenkorrekturen zu helfen. Es war eine mühselige Angelegenheit, die Entwicklung einer Partie laut vorzulesen (Ke4-Rd5, c8=Qb7 usw.), so dass sie die Züge manchmal sangen, als wären sie Darsteller in einem Schach-Musical. Isidora war eine offiziell zugelassene Schachbeobachterin, die mit ihrem Vater zu Turnieren in der ganzen Welt reiste. Nach ihrer Heimkehr erzählte sie Geschichten von all den merkwürdigen Typen, denen sie begegnet war, denn Schach zieht die merkwürdigsten Charaktere an. In London war sie einmal einem russischen Emigranten namens Wladimir begegnet, der behauptete, Kandinsky sei Offizier der Roten Armee und Chef einer Werkstatt mit unbekannten Künstlern gewesen, deren Gemälde er dann als seine eigenen ausgegeben habe. Wahr oder nicht, die Story lief darauf hinaus, dass die Welt furchtbar interessant sei und vieles im Verborgenen liege, selbst bei Kandinsky.

Wir langweilten uns in Sarajevo. Wir hatten Ideen und Pläne und Hoffnungen, die in ihrer Grandiosität den provinziellen Mief und letztlich die ganze Welt revolutionieren würden. Wir dachten uns die phantastischsten Projekte aus, die wir nie zu Ende brachten. Einmal begannen wir mit der Übersetzung einer englischen Studie über das Bauhaus, gaben aber schon nach dem ersten Absatz auf, nahmen uns dann ein Buch über Hieronymus Bosch vor, kamen aber nicht über die erste Seite hinaus – unser Englisch war einfach miserabel, und wir hatten weder gute Wörterbücher noch Geduld. Wir beschäftigten uns mit den russischen Futuristen und Konstruktivisten und begeisterten uns für die revolutionären Möglichkeiten von Kunst. Isidora ersann immer neue Performances, bei denen wir beispielsweise irgendwo in aller Frühe mit hundert Broten erschienen, aus denen wir Kreuze schnitten. Es ging um den Beginn einer neuen Epoche und den Dichter Chlebnikow, in dessen Name das slawische *chleb* (Brot) steckte. Über die Planung kamen wir natürlich nie hinaus – schon frühmorgens irgendwo zu erscheinen war ein unüberwindliches Hindernis. Auf den Stufen des Volkstheaters in Sarajevo veranstaltete Isidora eine Performance über den *Bergkranz,* das klassische serbische Epos, unter Mitwirkung einiger Freunde (ich nahm allerdings nicht teil), denen die subversive Botschaft der Performance weniger Sorgen bereitete als die Aussicht, von Passanten mit rüden Zurufen gestört zu werden.

Schließlich fanden wir einen Weg, unsere revolutionären Phantasien im Rahmen einer sozialistischen Jugendorganisation auszuagieren, die uns einen Raum zur Verfügung stellte, sich davon überzeugte, dass wir keine finanziellen Interessen verfolgten, und uns ermahnte, die Grenzen des öffentlichen Anstands zu beachten und die Werte der sozialistischen Gesellschaft zu respektieren. Einige Freunde machten mit (Guša, lebt heute in London, Goga in Philadelphia, Bucko in Sarajevo). Wir dekorierten den Raum mit zusammengenähten Bettlaken, auf die wir Parolen pinselten – etwa »Wir erschaffen die fünfte Dimension!«, ein Zitat aus einem Manifest russischer Futuristen. Es gab das

Anarchistensymbol und das Friedenssymbol (eine Konzession an die Funktionäre des sozialistischen Jugendverbands) und schwarze Malewitsch-Kreuze, die wir jedoch übermalen mussten, da sie aus Sicht der ignoranten sozialistischen Hippies auf einen religiösen Inhalt verwiesen. Unsere Veranstaltung trug den lachhaft prätentiösen Namen »Club Nolens Volens«.

Wir lehnten alles Prätentiöse ab, sahen darin eine Form von Selbsthass. Vor der Premiere diskutierten wir heftig, ob wir die Kulturelite von Sarajevo einladen sollten, diese hohlen Typen, die zu allen Eröffnungen kamen und ihre Kultiviertheit vor allem dadurch zum Ausdruck brachten, dass sie billige italienische Sachen trugen, die sie in Triest oder auf dem Schwarzmarkt gekauft hatten. Eine Idee war, sie einzuladen, aber überall Stacheldraht auszulegen, an dem sie sich ihre italienischen Klamotten ruinieren würden. Noch besser war die Idee, die Veranstaltung bei völliger Dunkelheit stattfinden zu lassen, nur ein paar herrenlose Hunde mit einer Taschenlampe am Kopf würden herumlaufen. Es wäre doch witzig, dachten wir, wenn sie nach den Gästen schnappen würden. Aber wir ahnten, dass das den sozialistischen Hippies nicht gefallen würde, denn sie mussten Vertreter der sozialistischen Elite einladen, um das Projekt zu rechtfertigen. Wir einigten uns darauf, neben der Elite auch ein paar Ganoven einzuladen, dann würde es möglicherweise zu Schlägereien kommen, und der eine oder andere würde sich eine blutige Nase holen.

Aber nichts dergleichen passierte. Keine bissigen Hunde, keine Schlägerei, keine blutigen Nasen – am ersten Abend waren viele Leute da, die alle ganz ordentlich aussahen und sich gut benahmen. In der Folge fand an jedem Freitag eine Veranstaltung statt. Einmal gab es – mit betrunkenen Diskutanten und einem noch betrunkeneren Moderator – eine Podiumsdiskussion über Literatur und Alkoholismus. Ein andermal luden wir zwei Comiczeichner aus Serbien ein, über ihre Kunst zu sprechen und ihre Arbeiten zu zeigen. Einer der beiden betrank sich am Abend vor lauter Lampenfieber und schloss sich in der Toilette ein. Wir flehten ihn an, herauszukommen. Schließlich riss er sich zusammen, trat heraus, ging auf die Bühne und polterte in Richtung Publikum: »Leute, was ist los mit euch? Lasst euch nichts vormachen. Das ist Schwachsinn!« Das fanden wir toll. Ein andermal zeigten wir den Film *Rani radovi* (»Frühe Werke«), der in Jugoslawien verboten war, weil er von einem Vertreter der sogenannten »Schwarzen Welle« stammte, die in den 1960ern ein nicht so rosiges Bild vom Sozialismus zeichnete. Der Film war noch nie in Sarajevo gezeigt worden, aber da wir ihn unbedingt sehen wollten, trieben wir eine Kopie auf, organisierten einen Projektor und luden den Belgrader Regisseur ein, dem das Interesse einer Gruppe junger Enthusiasten schmeichelte. Der Film war stark von Godard beeinflusst – junge Leute, die über Müllhalden liefen und über Comics und Revolution diskutierten und sich dann mit Models amüsierten, diesen unsterblichen Symbolen kapitalistischer Entfremdung. Der Vorführer, der sonst mit Erotikfilmen zu tun hatte, zeigte die Rollen in falscher Reihenfolge. Niemand merkte etwas, nur der Regisseur, der schon leicht angetrunken war und sich freute, dass sein Film überhaupt gezeigt wurde. Wir organisierten einen Schallplattenabend mit Musik von John Cage, die erste (und womöglich einzige) in Sarajevo. Wir spielten seine Komposition für zwölf Radios und das berühmte »4'33"« – eine Stille, die den Zuhörern die Gelegenheit bot, ihre eigene Musik zu hören. Das Publikum, das mittlerweile fast nur noch aus Vertretern der müßiggängerischen Elite bestand, bemerkte nicht, dass »4'33"« lief, interessierte sich nicht für die Musik in seinen Köpfen, denn alle betranken sich schon hemmungslos. Der Künstler, der für seinen Auftritt in Sarajevo den Familienurlaub geopfert und das Risiko einer Scheidung in Kauf genommen hatte, trat nun ans Mikrofon. Die paar Anwesenden, die zufällig zur Bühne blickten, sahen einen wuschelköpfigen Mann, der vor dem Mikrofon eine Apfelsine und eine Banane verspeiste – keiner wusste, dass dies John Cages Komposition »An Orange and a Banana« war.

Irritierend war nur, dass sich die Elite nicht irritieren ließ. Also beschlossen wir, selbst an den Abenden, an denen bloß Platten aufgelegt wurden, bis an die Schmerzgrenze zu gehen. DJ Guša spielte Frank Zappa, Yoko Ono und Einstürzende Neubauten, die ja gern Kettensägen und Bohrmaschinen verwendeten. Die Elite gab sich unbeeindruckt, kam aber nicht mehr so zahlreich – wir wollten, dass es ihnen richtig wehtat. Das Konzept kam bei den sozialistischen Hippies nicht besonders gut an.

Das Ende des Clubs Nolens Volens hatte wie üblich mit »internen Differenzen« zu tun – einige fanden, dass wir zu viele Kompromisse gemacht hatten. Der Abstieg in bourgeoise Mittelmäßigkeit hatte natürlich mit dem Verzicht auf die Taschenlampen-Hunde begonnen. Bevor wir endgültig aufgaben, überlegten wir, für die letzte Vorstellung tollwütige Hunde heranzuziehen. Doch es endete nicht mit irrem Gebell, sondern mit elendem Gewinsel.

Anschließend versanken wir in allgemeinem Überdruss. Ich schrieb weinerliche Lyrik und hatte am Ende rund tausend furchtbare Gedichte zusammen, die zwischen Langeweile und Sinnlosigkeit schwankten, durchsetzt mit halluzinatorischen Bildern von Tod und Selbstmord. Wie viele junge Menschen, die in der Sicherheit des Sozialismus aufwuchsen, war ich ein Nihilist und wohnte bei den Eltern. Ich überlegte sogar, eine Anthologie irrelevanter Lyrik zusammenzustellen, weil dies, wie ich ahnte, meine einzige Chance war, jemals veröffentlicht zu werden. Isidora war bereit, das Projekt zu übernehmen, doch es wurde nichts daraus, obwohl wir von einem Haufen irrelevanter Lyrik umgeben waren. Es gab nichts zu tun, und wir wussten einfach nicht, wie wir es anfangen sollten.

Die Geburtstagsparty

Isidoras zwanzigster Geburtstag stand bevor. Es sollte aber nicht die übliche Party mit Kanapees, Alkohol und Sex auf der Toilette sein. Normalität fand sie öde. Ihr schwebte eher eine Art Performance vor. Sie schwankte zwischen einer »fourieristischen Orgie« (was mir am besten gefallen hätte) und einer Nazi-Cocktailparty, wie sie in den patriotisch korrekten Filmen des sozialistischen Jugoslawien vorgeführt wurden – die Deutschen, arrogante, dekadente Arschlöcher in makellosen Uniformen, die sich 1943 mit lokalen Huren und Verrätern amüsieren, die ihnen die polierten Stiefel lecken. Aber ein junger kommunistischer Spion hat sich in den innersten Kreis eingeschlichen und wird dafür sorgen, dass sie alle am Ende büßen. Aus irgendeinem Grund entschied sich Isidora dann doch für die Party und nicht für die Orgie.

Die Geburtstagsparty fand am 13. Dezember 1986 statt. Die jungen Männer hatten schwarze Hemden an und Brillantine im Haar. Die jungen Frauen trugen Kleider, die als Abendkleider durchgehen konnten, während meine Schwester, die die junge Kommunistin geben sollte, in der üblichen Pionieraufmachung erschien. Die Party sollte irgendwann in den frühen Vierzigern angesiedelt sein, nach dem Beginn der deutschen Besatzung. Es gab all die Dekadenz, die wir aus dem Kino kannten, und auch einige pseudonihilistische Einfälle. Die Kanapees waren mit Mayonnaise-Hakenkreuzen versehen, an der Wand stand die Parole »In Cock We Trust«, in der Toilette fand eine rituelle Verbrennung von Nietzsches *Ecce Homo* statt, ein Zimmer war als Gefängniszelle hergerichtet, in der meine Schwester, die junge Kommunistin, gefangengehalten wurde. Guša und ich stritten uns um einen Ochsenziemer; Veba (der heute in Montreal lebt) und ich sangen, wie auf jeder Party, traurig-schöne kommunistische Lieder über erschossene Streikende; ich trug Stiefel, da ich einen ukrainischen Kollaborateur spielen sollte, und trank Wodka aus einer Tasse. In der Küche (auf Partys bin ich immer in der Küche zu finden) diskutierten wir über die Abschaffung des Tito-Kults und die entsprechenden staatlichen Rituale. Wir wollten Demonstrationen organisieren. Ich würde, rief ich, gern ein paar Schaufenster einschmeißen, weil sie so hässlich waren und ich Glasscherben toll fand. Auf der Party, auch in der Küche, waren unbekannte Leute, die aufmerksam zuhörten. Am nächsten Morgen wachte ich mit einem Gefühl von Scham auf, wie immer, wenn man sich betrinkt, einem Gefühl, das meist mit reichlich Zitronensäure und Schlaf kuriert wird. Aber die Scham blieb eine ganze Weile, hat sich im Grunde bis heute gehalten.

In der Woche darauf bekam ich einen Anruf der Staatssicherheit, die mich freundlich bat, einmal vorbeizuschauen, eine Einladung der Sorte, die man nicht ausschlägt. Dreizehn Stunden dauerte das Verhör. Dabei stellte sich heraus, dass die anderen Partygäste das gastliche Haus der Staatssicherheit bereits aufgesucht hatten oder noch erscheinen würden. Die Einzelheiten spare ich hier lieber aus. Sagen wir, dass die Guter-Cop-böser-Cop-Strategie vermutlich auf der ganzen Welt praktiziert wird. Beide Vernehmer wussten alles (die Spitzel in der Küche hatten aufmerksam zugehört), und sie hatten ein großes, ein riesengroßes Problem mit der Party. In meiner Naivität nahm ich an, dass sie, wenn ich erklärte, dass es nur eine Performance war, allenfalls ein schlechter Scherz, und ich mich von meinen Demonstrationsfantasien distanzierte, uns lediglich einen Rüffel erteilen oder unseren Eltern empfehlen würden, uns eine Tracht Prügel zu geben, und uns dann in unsere nihilistischen Buden gehen lassen würden. Der »gute« Bulle wollte wissen, was ich von der wachsenden faschistischen Neigung unter jugoslawischen Jugendlichen hielt. Ich hatte keine Ahnung, worauf er hinauswollte, wandte mich aber nachdrücklich gegen solche Tendenzen. Er schien nicht sehr überzeugt. Da ich eine Grippe hatte, ging ich oft zur Toilette (von innen nicht abschließbar, das Fenster vergittert), während draußen der gute Bulle wartete und aufpasste, dass ich mir nicht die Pulsadern aufschnitt oder den Kopf an der Kloschüssel blutig schlug. Ich betrachtete mich im Spiegel (den ich hätte zerbrechen können, um mir den Hals aufzuschneiden) und dachte: Schau dir dieses dumme Pickelgesicht an, diesen benebelten Ausdruck – kann mich denn irgendjemand für gefährlich, ja, für einen Nazi halten? Am Ende ließen sie uns alle laufen, mit Handgelenken, die von den vielen Schlägen ganz geschwollen waren. Meine Mutter war zu Verwandten verreist, mein Vater in Äthiopien. (»Wir schicken ihn nach Äthiopien«, sagte der böse Cop, »und zum Dank verhältst du dich so?«) Beiden erzählte ich nichts von dem Verhör. Ich nahm an, die Sache werde sich irgendwann von allein erledigen.

Pustekuchen. Einige Wochen später erhielt der Sarajevo-Korrespondent der Belgrader Zeitung *Politika* – die sich anschickte, die hysterisch-nationalistische Stimme des Milošević-Regimes zu werden – einen anonymen Brief mit einem Bericht über eine Geburtstagsfeier im Haus einer prominenten Sarajevoer Familie. Nazisymbole seien gezeigt und Werte gepredigt worden, die in die dunkelsten Ecken der Geschichte gehörten und allem widersprächen, was unserer Gesellschaft heilig sei. In Sarajevo, der Welthauptstadt des Klatsches, breiteten sich Gerüchte über die Party aus, wer daran teilgenommen und wo sie stattgefunden hatte. Die Behörden, die meist nach der Belgrader Pfeife tanzten, informierten die Genossen auf Parteiversammlungen. Auch meine Mutter nahm an einer solchen Versammlung teil, auf der, ohne Nennung konkreter Namen, die Vorgänge auf der Party dank der zuverlässigen Arbeit der Staatssicherheit in allen Einzelheiten beschrieben wurden. Meiner Mutter blieb fast das Herz stehen, als sie sich erinnerte, dass ich mit den geliehenen Stiefeln zu der Party gegangen war (deren Motto ich für mich behalten hatte), und ihr klar wurde, dass ihre beiden Kinder an der Party teilgenommen hatten. Sie kam erschüttert nach Hause, ich legte ein umfassendes Geständnis ab und hatte die ganze Zeit Angst, dass sie zusammenbricht. Ihr Haar wurde über Nacht grau, und ich fürchte, wohl nur wegen meiner Eskapaden.

Sofort veröffentlichten die Sarajevoer Tageszeitungen Briefe besorgter Bürger, von denen einige bestimmt Mitarbeiter der Staatssicherheit waren. Viele verlangten die Bekanntgabe der Namen derjenigen, die an einem Nazitreffen in Sarajevo teilgenommen hatten, damit das Krebsgeschwür im Körper des Sozialismus sofort und gnadenlos entfernt werden könne. Auf Druck der folgsamen Öffentlichkeit wurden die Namen der »neunzehn Nazis« im Januar 1987 bekanntgegeben. Im Fernsehen und Radio wurde eine Liste verlesen und tags darauf in den Zeitungen veröffentlicht. Auf spontan einberufenen Bürgerversammlungen wurden strenge Strafen gefordert. Studenten trafen sich zu Versammlungen, auf denen an die dekadenten Performances im Club Nolens Volens erinnert und ebenfalls strenge Strafen gefordert wurden. Veteranen der Partisanenbewegung kamen zu spontanen Versammlungen zusammen, äußerten die feste Überzeugung, dass in unseren Familien anständige Arbeit nichts mehr gelte, und forderten ebenfalls strenge Strafen. Die Nachbarn gingen mir aus dem Weg. Meine Kommilitonen boykottierten ein Englisch-Seminar, weil ich daran teilnahm, während die Professorin in der Ecke saß und leise weinte. Freunde durften uns auf Befehl ihrer Eltern nicht mehr besuchen. Das Ganze kam mir vor wie ein

Roman, in dem einer der Protagonisten, ein nihilistisches Arschloch, meinen Namen trug. Sein Leben und mein Leben überschnitten sich, verschwammen gar. Irgendwann begann ich, meine Existenz anzuzweifeln. Was, wenn ich die Erfindung eines anderen war? Was, wenn ich der Einzige war, der nicht begriffen hatte, wie die Welt wirklich aussah? Was, wenn ich mir etwas vorgemacht hatte? Was, wenn ich einfach dumm war?

Isidora floh mit ihrer Familie nach Belgrad, nachdem ihre Wohnung von der Staatssicherheit durchsucht und Dokumente beschlagnahmt worden waren. Einige von uns taten sich zusammen. Goga musste wegen einer Blinddarmoperation ins Krankenhaus, wo die Schwestern sich über sie lustig machten. Guša, Veba und ich wurden enge Freunde. Wir nahmen an all den spontanen Versammlungen teil in der irrigen Hoffnung, erklären zu können, dass das Ganze ein schlechter Scherz gewesen war oder dass es letztlich niemanden etwas anging, was wir auf einer privaten Feier gemacht hatten. Diverse Patrioten und überzeugte Sozialisten spielten das altbekannte Guter-Cop-Böser-Cop-Spiel. Bei einer Parteiversammlung an der Universität gab ein gewisser Tihomir (wörtlich: stiller Friede) den miesen Bullen. »Du hast meinen Großvater durch den Dreck gezogen!«, brüllte er und stöhnte ungläubig, als ich erklärte, dass das Ganze absolut lächerlich sei, während die Parteisekretärin, eine sympathische junge Frau, beruhigend auf ihn einredete.

Doch fortan hatte uns die Partei auf dem Kieker. Jedenfalls berichtete mir das ein Mann, der bei uns zu Hause erschien, ein Abgesandter der Bezirksverwaltung der Partei, der unsere Familie überprüfen sollte. »Seht euch vor«, sagte er gönnerhaft, »ihr steht unter Beobachtung.« Ich musste sofort an Kafka denken. (Jahre später kam ebenjener Mann, um bei meinem Vater Honig zu kaufen. Er wollte nicht über die damaligen Ereignisse rings um die Geburtstagsfeier sprechen, sagte nur: »Die Zeiten waren halt so.« Er erzählte, dass seine zehnjährige Tochter Schriftstellerin werden wolle, und zeigte mir eines ihrer Gedichte, das er stolz in seiner Brieftasche verwahrte. Es wirkte auf mich wie die Rohfassung eines Abschiedsbriefs, die erste Zeile ging so: »Ich will nicht mehr leben, niemand liebt mich.« Der Mann sagte, seine Tochter sei so schüchtern, dass sie ihm ihre Gedichte nicht zeige – gelegentlich lasse sie eines wie absichtslos fallen, damit er es finden könne. Am Ende fuhr er mit Unmengen von Hemon'schem Honig davon. Ich hoffe, seine Tochter lebt noch.)

Schließlich legte sich die Aufregung. Viele Leute erkannten, dass die ganze Sache nicht die Bedeutung hatte, die ihr von offizieller Seite gegeben wurde. Die bosnischen Kommunisten wollten ein Exempel an uns statuieren, wollten demonstrieren, dass jeder Ansatz von Jugendlichen, die Werte der sozialistischen Gesellschaft in Frage zu stellen, im Keim erstickt würde. Und bald hatte das Regime viel ernstere Skandale am Hals. Die hartnäckigen Gerüchte über den Zusammenbruch des Staatsunternehmens Agrokomerc, dessen Chef dank guter Beziehungen zum ZK mit ungedeckten Wechseln sein Mini-Imperium errichtet hatte, waren nicht mehr zu vertuschen. Und einige Leute wurden verhaftet und öffentlich angeprangert, weil sie sich kritisch über das undemokratische Regime und den Personenkult um Tito geäußert hatten. Im Gegensatz zu uns wussten diese Leute, wovon sie redeten. Sie hatten sich Gedanken gemacht, sie vertraten klare intellektuelle und politische Positionen, ihre Überlegungen waren meilenweit entfernt von unseren wirren spätpubertären Fantasien. Erst später begriff ich, dass wir selbst streunende Hunde mit Taschenlampen gewesen waren, und dann war die Veterinäraufsicht gekommen, und in Erinnerung blieben einzig die Hundehaufen.

Noch Jahre später begegnete ich Leuten, die weiterhin überzeugt waren, dass die Geburtstagsfeier eine faschistische Versammlung gewesen sei und wir die Todesstrafe verdient hätten. Verständlicherweise wies ich nicht immer darauf hin, dass ich seinerzeit mitgemacht hatte. Während einer Reserveübung im Gebirge bei Sarajevo saß ich einmal mit anderen betrunkenen Reservisten am Lagerfeuer, die allesamt fanden, dass die Partyteilnehmer mindestens eine anständige Tracht Prügel verdient hätten. Und ich stimmte ihnen zu, erklärte sogar, dass man sie aufhängen sollte, und steigerte mich richtig hinein in meine Empörung. Solche Leute, sagte ich, sollte man foltern, worauf meine entfernten Waffenbrüder eifrig nickten. In diesem

Moment wurde ich ein anderer. Ich verwandelte mich für kurze Zeit in meinen Feind, was erschreckend und befreiend war. Darauf trinken wir, riefen die Reservisten, und genau das taten wir.

Die Zweifel an der Realität der ganzen Sache nagten lange an mir. Dass Isidora, nunmehr in Belgrad, am Ende schließlich eine überzeugte Faschistin wurde, machte es nicht leichter. In den Neunzigern war Belgrad ein fruchtbarer Boden für ganz üble Faschisten, und dort lebte sie nun. Sie veranstaltete öffentliche Performances, die die reiche Tradition des serbischen Faschismus feierten. Sie war mit einem Typen liiert, der später als Anführer der Weißen Adler hervortrat, einer Gruppe brutaler Schläger, die während des Krieges in Kroatien und Bosnien aktiv waren. Später schrieb sie ihre Memoiren mit dem Titel »Verlobte eines Kriegsverbrechers«. Wir waren schon lange nicht mehr befreundet, aber ich fragte mich trotzdem, was da passiert war – war die Nazi-Party ein Einfall ihrer faschistischen Seite, von der ich nichts wusste? Vielleicht hatte ich, geblendet von den endlosen Möglichkeiten irrelevanter Lyrik, nicht gesehen, was sie gesehen hatte. Vielleicht war ich nur eine Figur in ihrem Schachmusical gewesen. Vielleicht war mein Leben wie eine dieser Marienfiguren gewesen, die in einem Supermarkt in New Mexico auftauchen – sichtbar nur für die Gläubigen, lächerlich für alle anderen.

1987, nach dem Fiasko mit der Geburtstagsparty, begann ich bei einem Radiosender in Sarajevo zu arbeiten, in der für junge Hörer zuständigen Abteilung. Sie hieß *Omladinski program* (Jugendprogramm), und alle waren wirklich sehr jung, hatten kaum oder gar keine Radioerfahrung. Bei meiner ersten Bewerbung im Frühjahr, als die Geburtstagsparty noch immer Stadtgespräch war, hatte es nicht geklappt, doch im Herbst wurde ich dann genommen, trotz meiner nuscheligen, wenig mikrofongeeigneten Stimme. Wir genossen eine gewisse Freiheit, da politisch einiges in Bewegung geraten war, aber auch, weil wir als namenlose Leute notfalls rausgeworfen werden konnten. Ich berichtete über kulturelle Angelegenheiten, schrieb gelegentlich kritische Texte über staatliche und andere Idiotien, die ich dann am Mikrofon vorlas. Bald lieferte ich, im Tonfall unanfechtbaren (und unfundierten) Fachwissens, arrogante Film- und Buchrezensionen.

Parallel dazu schrieb ich kurze Geschichten. Ich verlangte und erhielt drei, vier Minuten pro Woche, die ich dafür verwendete, meine Storys in der recht populären Sendung meiner Freunde Zoka und Neven (heute in Brünn beziehungsweise London) unterzubringen. Das Ganze hieß »Wahre und unwahre Geschichten, erzählt von Sascha Hemon« (WUUGESH). Meine Familie, der schon das Geburtstagsparty-Debakel furchtbar unangenehm gewesen war, fand meine Geschichten manchmal peinlich, denn ich erzählte beispielsweise von meinem Cousin, einem Ukrainer, der Beine und Arme verloren hatte und ein elendes Leben führte, bis er einen Job bei einem Zirkus bekam, wo er allabendlich von Elefanten wie ein Ball durch die Luft geworfen wird.

Etwa in der Zeit schrieb ich die Geschichte »Leben und Werk von Alfons Kauders«. Ich ahnte, dass sie kaum zu veröffentlichen war, denn ich machte mich darin über Tito lustig, es ging um Sex und andere Banalitäten, und auch Hitler und Goebbels und Co. kamen vor. Außerdem besannen sich die meisten jugoslawischen Literaturzeitschriften gerade auf das nationale Erbe und entdeckten Schriftsteller, deren Lyrik und Prosa sich gut in einer Anthologie irrelevanter Literatur gemacht hätte, die später aber als extreme Kriegshetzer hervortraten. Ich teilte die Story also in sieben Folgen auf, entsprechend den drei Minuten WUUGESH, und schrieb für jede Folge eine Vorbemerkung, in der ich mit fester Expertenstimme betonte, dass ich Historiker sei und Alfons Kauders eine historische Figur, mit der ich mich intensiv beschäftigt hätte. In einer Vorbemerkung berichtete ich, dass ich nach längeren Recherchen in sowjetischen Archiven, wo ich auf interessante Dokumente über Kauders gestoßen sei, nun wieder zurückgekehrt sei. Ein andermal informierte ich die Hörer, dass ich gerade aus Italien zurückgekehrt sei, wo ich Gast beim Parteitag der Transnationalen Pornographischen Partei gewesen sei, deren Programm auf den Lehren des großen Alfons Kauders basierte. Ein andermal zitierte ich aus Briefen imaginärer Leser, die meine für einen Historiker unerlässliche Unerschrockenheit lobten und vorschlugen, mich zum Direktor des Radiosenders zu ernennen. Meist hatte ich den Eindruck, dass kein Mensch wusste, was ich trieb, da niemand WUUGESH hörte – abgesehen von meinen Freunden, die mir großzügigerweise den Programmplatz zur Verfügung stellten, und jenen Hörern, die keine Chance hatten, rasch einen anderen Sender zu suchen, da alles ganz schnell vorbei war. (Eine Folge dauerte siebenundzwanzig Sekunden, das war kürzer als die Erkennungsmelodie von WUUGESH.) Mir war das egal, denn ich wollte weder den guten noch den bösen Cop aufscheuchen.

Nachdem sämtliche sieben Folgen gesendet waren, nahm ich die ganze Geschichte auf, las den Text mit meiner Nuschelstimme (für meine Freunde war es die schlechteste Radiostimme, die je in Bosnien zu hören war) und unterlegte ihn mit O-Tönen – Ausschnitten aus Reden von Hitler und Stalin, Begeisterungschören höriger Massen, kommunistischen Kampfliedern, »Lili Marleen«, der ganzen grauenhaften Tonspur des zwanzigsten Jahrhunderts. Wir sendeten das Ganze in einem Stück, gute zwanzig Minuten, ohne Unterbrechungen (eine Form von Radiosuizid) in Zokas und Nevens Programm. Abschließend stellten sie mich als Studiogast vor, noch immer Historiker. Ich bat meine Freunde, keinesfalls in Gelächter auszubrechen (die Geschichte war sehr komisch). Sie lasen die Leserbriefe vor, die ich selbst geschrieben hatte, ein paarmal imitierte ich die Empörung, die mir nach der Geburtstagsparty entgegengeschlagen war. Ein Leserbriefschreiber verlangte, ich und meinesgleichen sollten aufgeknüpft werden, weil wir uns über das heilige Erbe der Nation lustig machten. Ein anderer forderte mehr Respekt vor Pferden (Alfons Kauders hasste Pferde), denn sie zeigten uns den Wert schwerer Arbeit. Ein dritter wehrte sich gegen die Darstellung von Gavrilo Princip, der 1914 das Attentat auf Erzherzog Ferdinand verübt hatte, und wies darauf hin, dass Princip sich vor dem Anschlag definitiv nicht in die Hose gemacht habe.

Dann konnten die Hörer anrufen. Ich hatte geglaubt, dass a) niemand sich für Kauders interessieren würde, dass b) diejenigen, die tatsächlich interessiert waren, die Serie dumm finden würden und c) dass all jene, die die Geschichte glaubten, einfach ignorante Knalltüten waren, die zwischen Geschichte, Fantasie und Radioprogramm nicht unterscheiden konnten. Ich war nicht vorbereitet auf Fragen oder Kritik und hatte auch nicht vor, weiterhin mit falschen und dubiosen Fakten zu operieren. Doch die Telefone im Studio liefen etwa eine Stunde lang heiß. Die meisten Hörer hatten mir die Kauders-Geschichte abgenommen und stellten nun knifflige Fragen. Ein Arzt wies darauf hin, dass man sich nicht den eigenen Blinddarm herausschneiden könne, wie ich das von Kauders behauptet hatte. Ein Hörer sagte, dass er die Enzyklopädie der Forstwissenschaft in der Hand habe, Kauders dort aber nicht erwähnt werde, obwohl ich von einem ausführlichen Artikel über Kauders gesprochen hatte. Ich erfand plausible Antworten, lachte kein einziges Mal, war ganz der Historiker und befürchtete die ganze Zeit (wie wahrscheinlich alle Schauspieler), dass meine Tarnung auffliegen und das Publikum die reale Person hinter meiner Maske erkennen würde, weil meine Darbietung so leicht zu durchschauen war. Immerhin überwand ich die Angst, der gute oder der böse Bulle (wahrscheinlich eher der böse) könnte anrufen und mich sofort in das Büro der Staatssicherheit bestellen.

Meine größte Sorge war aber, dass ein Anrufer sagte: »Du Lügner! Du weißt überhaupt nichts von Kauders! Ich weiß viel mehr – und jetzt erzähl ich dir mal, wie es wirklich war!« In diesem Moment wurde Kauders real – er war meine Jungfrau Maria, die im Aufnahmestudio erschien, hinter dessen Trennscheibe ein gleichgültiger Toningenieur und ein paar Leute saßen, in deren Augen eine erwartungsvolle Spannung funkelte. Es war eine wunderbare Situation, als die Fantasie die Wirklichkeit durcheinanderwarf und überrannte, fast wie der Moment, als sich Frankensteins Monster vom OP-Tisch erhob und seinem Schöpfer an die Gurgel ging.

Noch Jahre später wurde ich gefragt, ob Kauders wirklich existiert habe. Manchmal sagte ich ja, manchmal nein. Aber niemand weiß es wirklich genau, denn er existierte für den Bruchteil einer Sekunde, wie die Protonen im Teilchenbeschleuniger bei Genf, aber nicht lange genug, als dass seine Existenz tatsächlich dokumentiert worden wäre. Der Moment seiner Existenz war zu kurz, als dass man hätte sagen können, ob er eine Fata Morgana war, eine Folge, die sich aus dem Erreichen der kritischen Masse kollektiver Illusionen ergab. Vielleicht war er mir erschienen, um mir klarzumachen, dass mich seine negative Aura unwiderruflich verstrahlt hatte.

Ich weiß nicht, wo Alfons Kauders heute lebt. Vielleicht ist er ein Strippenzieher von Fakten und Fiktionen, von Wahrheit und Lüge, derjenige, der mich Geschichten schreiben lässt, die ersonnen und erfunden zu haben ich mir dummerweise einbilde. Vielleicht werde ich irgendwann einen Brief von A. K. (so unterschrieb er immer) bekommen, in dem er schreibt, dass die Farce zu Ende und der Tag der Abrechnung gekommen ist.

Leben im Krieg

Im Februar 1991 bot mir die Redaktion der Zeitschrift *Naši dani* (Unsere Tage) einen Job an. Ich beschloss sofort, mir eine eigene Wohnung zu suchen, denn als Siebenundzwanzigjähriger wohnte ich peinlicherweise noch immer bei den Eltern. Gemeinsam mit zwei Freunden, Davor und Pedja, die ebenfalls bei der Zeitschrift arbeiteten, bezog ich eine Dreizimmerwohnung im Stadtteil Kovaći. Ich hatte einen richtigen Job und meine eigene Bude – keine Kleinigkeit in einer sozialistischen Gesellschaft, wo die Leute noch als Erwachsene bei den Eltern wohnen und ewig unterbeschäftigt sind.

Meine Berufserfahrungen beschränkten sich auf das Radio, für das ich, abgesehen von eigenwilligen Kurzgeschichten, arrogante Stücke über Filme, Literatur und andere Themen geschrieben hatte. Also wurde ich Kulturredakteur, zuständig für dreizehn Seiten Kultur (was immer man darunter verstand) von insgesamt achtundvierzig Seiten Umfang. Überzeugt, dass die vorangegangene Journalistengeneration von der Idiotie eines bequemen Kommunismus geprägt war, weigerte ich mich, Beiträge von Leuten zu bringen, die älter als siebenundzwanzig waren, weshalb ich mich oft gegen die anderen Redakteure zur Wehr setzen musste, die manchen Presseveteranen mit Nachsicht begegneten. Ich schrieb auch kurze, bitterböse Stücke für die satirische Seite und eine Kolumne mit dem Titel »Sarajevo Republika«, die nach meinem Verständnis »militant urban« sein sollte. Ich war besoffen von meiner jugendlichen Radikalität und Unbekümmertheit.

Auch die übrigen Redaktionsmitglieder kamen vom Radio. Wir verachteten das alte sozialistische Regime und den fanatischen Nationalismus, mit dem die traurigen Reste des kommunistischen Jugoslawien abgeschafft wurden. Die Zeitschrift gehörte der Liberalen Partei, die aus dem vormaligen Sozialistischen Jugendverband hervorgegangen war. (Ich schrieb als Auftragsarbeit den Kulturteil des Parteiprogramms.) Wir wurden eingestellt, nachdem die gesamte Vorgängerredaktion aus mir nicht mehr erinnerlichen Gründen entlassen worden war. Vielleicht wollten die Herausgeber einen radikalen Bruch vollziehen, nachdem *Naši dani* sich in den vierzig Jahren ihres Bestehens weitgehend durch politische Folgsamkeit ausgezeichnet hatte.

Wir mussten rasch lernen, wie man eine Zeitschrift macht, die bei vierzehntäglichem Erscheinen trotzdem aktuell ist. Doch schon bald bekamen wir unsere Chance. Eine der ersten Nummern widmete sich den Demonstrationen in Belgrad, die Machthaber Milošević blutig niederschlagen ließ. Zwei Studenten kamen bei dem Einsatz der Armee ums Leben. Wir wussten, dass es nicht dabei bleiben würde. Im Frühjahr war der Krieg in Kroatien bereits in vollem Gang. Es gab Berichte von Massakern, wir veröffentlichten Fotos von enthaupteten Leichen und brachten ein Interview mit Vojislav Šešelj, dem serbischen Milizenführer (der heute in Den Haag vor Gericht steht), der versprochen hatte, kroatische Augen mit rostigen Löffeln auszukratzen. Normale Löffel reichten ihm offenbar nicht.

Solche Dinge mochten anfangs noch als schreckliche Ausnahmen gelten. Man konnte sich damit beruhigen, dass ein paar Verrückte komplett durchgeknallt waren, zumal von serbischer und kroatischer Seite immer wieder eine Rückkehr zur Normalität versprochen wurde. Aber bald berichteten wir über die Militärlastwagen, die Waffen (als »Bananen« deklariert) in die mehrheitlich von Serben bewohnten Teile Bosniens brachten. Wir berichteten von den zunehmend aggressiven Parlamentssitzungen und von Pressekonferenzen, auf denen Radovan Karadžić (inzwischen in Den Haag angeklagt) im Beisein meines ehemaligen Professors mit der Faust auf den Tisch donnerte und kaum verhüllt mit Gewalt und Krieg drohte.

Je mehr wir erfuhren, desto weniger wollten wir davon wissen. Unser ganzes Dasein beruhte auf dem hartnäckigen Festhalten an vermeintlicher Normalität. Wenn wir uns in hedonistische Verdrängung stürzten, war das aus unserer Sicht bloß der Versuch, ein normales Leben zu führen. Jede Nacht wurde Party gemacht und getrunken, oft bis in den frühen Morgen. Es wurde viel getanzt. Ich brachte im

Kulturteil sogar einen Leitartikel, in dem Guša schrieb, dass noch viel mehr getanzt werden müsse, um die bevorstehende Katastrophe zu verhindern.

Ein Großteil des Geldes, das ich als Redakteur verdiente, wanderte in Glücksspielautomaten. Glücksspiel führt ja zu besonders intensiver Verdrängung. Eine angenehmere Form von Verdrängung war es, wenn wir kifften und Vincente Minnellis *Gigi* sahen und »*Gigi, am I a fool without a mind, or have I really been too blind …*« grölten. Pedja und ich betranken uns manchmal schon am Nachmittag und sangen dann mit Dean Martin, einem der großen Anführer der hedonistischen Internationale. An einem wunderbaren Frühlingssamstag saßen wir in unserem Garten, aßen Lammbraten und rauchten erstklassiges Haschisch (das, neben anderen Drogen, überall angeboten wurde, weil der Innenminister den Rauschgifthandel kontrollierte). Das Zeug machte Hunger, wir aßen und rauchten, bis wir so bekifft waren, dass wir wie Luftballons in ferne friedliche Länder hätten davonfliegen können, wenn wir uns nicht den Bauch mit Lammbraten vollgeschlagen hätten.

Diese unbeschwerten Tage, bevor alles zusammenbrach! Wir ließen nichts aus. Bei Redaktionsschluss diskutierten wir die ganze Nacht über Inhalt und Layout der nächsten Ausgabe, wir lebten von Kaffee und Zigaretten und Trance, wir konsumierten Pornos und schrieben Gedichte, wir diskutierten leidenschaftlich über Fußball und debattierten endlos über Fragen wie »Würdest du für eine Million

Deutsche Mark ein Pferd ficken?« oder »Besitzt Großmeister Anatoli Karpow ein superschnelles Motorboot?«

Und wir vögelten wahllos in der Gegend herum. Ein, zwei Blicke reichten, selbst wenn der Freund oder die Freundin anwesend war. Ein Umwerben fand nicht mehr statt, wir gingen auch so ins Bett. Und selbst das brauchten wir nicht mehr: Hauseingänge, Parkbänke, Autorücksitze, Badewannen und der Fußboden taten es auch. Wir berauschten uns an Sex à la Titanic, auf einem sinkenden Schiff braucht es keine Sicherheit mehr, und für Beziehungen ist keine Zeit. Es war eine grandiose Zeit für wilden Sex, die kurze Zeit der Euphorie vor dem Untergang, denn nichts steigert die Lust und verhindert Schuldgefühle besser als eine bevorstehende Katastrophe. Die Chancen, die dieser historische Moment uns bot, haben wir leider nicht genutzt.

Im Hochsommer war der prekäre Zustand hysterischer Verdrängung kaum noch aufrechtzuerhalten. Ein Dealer, mit dessen Informationen wir eine Story über den Drogenhandel in Sarajevo gebracht hatten, kehrte nach Kroatien zurück, wo er sofort eingezogen wurde. Irgendwann rief er uns aus irgendeinem Kampfgebiet an und hinterließ eine Nachricht: »Ihr könnt euch nicht vorstellen, was hier los ist!« Im Hintergrund waren Schüsse zu hören. Er nannte keine Nummer, unter der wir ihn an der Front erreichen konnten, und selbst dann hätten wir wahrscheinlich nicht zurückgerufen. Bald wurde Pedja an die kroatische Front geschickt, um von dort zu berichten, wurde aber von kroatischen Soldaten verhaftet und gefoltert. Nachdem seine Freilassung ausgehandelt worden war, kehrte er zurück, um Jahre gealtert. Er hatte schlaflose Nächte und lief trübsinnig in unserer Wohnung herum, tagelang, mit starren Augen, ohne auf Dean Martin zu reagieren, und die Farbe seiner Blutergüsse verwandelte sich in ein fahles Gelb. Schließlich schnappte ich ihn mir, hielt ihm ein Tonbandgerät hin und zwang ihn, mir von seinen Erlebnissen auf dem kroatischen Kriegsschauplatz zu erzählen. Wie er idiotischerweise einen Bus mit kroatischen Freiwilligen bestiegen hatte, die Schläge, die man ihm verpasst hatte, die Haft und das sogenannte Verhör, die unsagbar demütigenden Böser-Cop-Guter-Cop Methoden (der gute Cop war Fan der Pet Shop Boys), die zerquetschten Eier und die Schläge in die Nieren, der Geschmack des Gewehrlaufs im Mund und so weiter. Als er fertig war, stellte ich das Aufnahmegerät ab, händigte ihm das 90-Minuten-Band aus und sagte: »Und jetzt pack das weg und schau nach vorn.« Ich fand mich damals furchtbar weise.

Dabei wusste ich selbst nicht, wie es weitergehen sollte. Im Juli gab ich meinen Redakteursjob auf und fuhr für ein paar Wochen in die Ukraine, gerade rechtzeitig für den Putsch in Moskau im August, den Zusammenbruch der Sowjetunion und die anschließende Unabhängigkeit der Ukraine. Als ich Anfang September nach Sarajevo zurückkehrte, gab es die Zeitschrift nicht mehr. Pedja und Davor hatten unsere Wohnung in Kovaći gekündigt und waren zu den Eltern zurückgekehrt, da wir die Miete nicht bezahlen konnten. Die Stadt lag am Boden, die Euphorie war verflogen. Eines Abends ging ich in das Olympic Museum Café, einen unserer alten Treffpunkte, und beobachtete, wie die Leute gläsernen Blicks vor sich hinstarrten, kaum miteinander sprachen, manche vollgedröhnt, andere wie gelähmt, alle beunruhigt, denn es war nicht mehr zu leugnen – es war aus. Der Krieg war gekommen, und nun warteten wir darauf, wer überleben, wer töten und wer sterben würde.

Der Zauberberg

In der Jahorina, einem Gebirgszug dreißig Kilometer von Sarajevo entfernt, hatten wir eine Hütte. Als Teenager verbrachten Kristina und ich die Winterferien dort oben mit Skifahren und Partymachen, die Eltern kamen nur an den Wochenenden, um Lebensmittel und frische Wäsche zu bringen und nach dem Rechten zu sehen. Im Winter wimmelte es von Skifahrern, Touristen und Freunden, doch im Sommer war meist nichts los. Am Wochenende erschienen noch einige andere Hüttenbesitzer, die, wie meine Eltern, der Hitze in der Stadt entfliehen wollten. Kristina und ich blieben im Sommer lieber zu Hause, auch wenn die Eltern uns versicherten, dass die Jahorina, verglichen mit dem höllischen Sarajevo, der Himmel sei. Wir zogen es vor, ohne Eltern in der brütenden Hitze zu faulenzen.

Aber irgendwann in den späten Achtzigern fing ich an, auch im Sommer ins Gebirge zu gehen. Ich packte meinen kleinen Fićo (die jugoslawische Variante des Fiat 500) mit Büchern und Musik voll und zog für vier Wochen auf die Jahorina. Ich war Mitte zwanzig und wohnte noch bei den Eltern, was, ganz abgesehen von Fragen der persönlichen Souveränität und Privatsphäre, halbwegs konzentriertes Lesen nahezu unmöglich machte. Meine Eltern verlangten rege Beteiligung am Familienleben und erteilten zeitraubende Aufträge. In der Berghütte dagegen war ich mein eigener Herr, ich konnte mir die Zeit selbst einteilen, las täglich acht bis zehn Stunden. Meine Mönchsklause verließ ich nur, wenn sich die Bedürfnisse meines dummen Körpers meldeten, der, neben Essen und Kaffee, auch nach Bewegung verlangte. Dann hackte ich Holz und machte gelegentlich Bergwanderungen oberhalb der Baumgrenze, hinauf in Karstlandschaften und auf Gipfel, von denen man einen weiten Blick über Bosnien hatte. Ich mied andere Leute und lief nur zu dem einsamen, mehrere Kilometer entfernten Supermarkt, um Nachschub an Zigaretten oder Wein zu besorgen.

Schon Wochen vorher stellte ich meine Bücherliste zusammen – von Le Carré (den ich jeden Sommer aufs Neue las) bis zu Untersuchungen über die Ursprünge alttestamentarischer Mythen, von Anthologien moderner amerikanischer Short Storys bis zu Corto-Maltese-Comics. Zehn Stunden am Stück zu lesen hatte immer einen besonderen Effekt: Es versetzte mich in eine Art Trance, in der ich durchschnittlich vierhundert Seiten pro Tag schaffte. Das Buch verwandelte sich in einen großen Raum, in dem ich mich bewegte, selbst beim Essen, beim Wandern, beim Schlafen – ich bewohnte ihn. In der Woche, die ich für *Krieg und Frieden* brauchte, träumte ich regelmäßig von Bolkonski und Natascha.

In meinen Zwanzigern neigte ich zu Depressionen und Angstzuständen. Ich empfand eine innere Leere. Im Gebirge wollte ich die inneren Batterien aufladen, den Sprachapparat, die Denkmaschine wieder ankurbeln. Mein Rückzug erfüllte meine Eltern jedoch mit Sorge, und meine Freunde hielten mich für verrückt. Nachts waren nur die Glocken und das Muhen der umherziehenden Kühe zu hören und der Wind, der über das Dach strich. Morgens wurde ich von aufgeregten Vögeln geweckt, und kaum hatte ich die Augen geöffnet, griff ich zu meiner Lektüre. Dieses einfache, asketische Leben – lesen, essen, wandern, schlafen – gefiel mir, es linderte die Schmerzen, die ich in mir trug.

Im September 1991 fuhr ich zum letzten Mal in die Jahorina. Den größten Teil des Sommers hatte ich in der Ukraine verbracht, hatte das Ende der Sowjetunion miterlebt, die Anfänge einer unabhängigen Ukraine. Der Krieg in Kroatien hatte sich in dieser Zeit rasant weiterentwickelt – von Zwischenfällen zu Massakern, von einzelnen Gefechten bis zur vollständigen Zerstörung von Vukovar durch die jugoslawische Volksarmee. Als ich Ende August nach Sarajevo zurückkehrte, dachten die Menschen nur noch an Krieg – überall Angst, Verunsicherung und Drogen. Ich hatte kein Geld, woraufhin Pedja mir vorschlug, Texte für ein Pornomagazin zu schreiben, das er herausbringen wollte; er war überzeugt, dass sich die Leute darauf stürzen würden, um sich von der bevorstehenden Katastrophe abzulenken.

Ich lehnte ab, weil ich, falls ich im Krieg ums Leben käme, als Letztes nicht ausgerechnet schlechte Pornographie geschrieben haben wollte (als gäbe es eine andere). Ich packte das Auto mit Büchern voll und fuhr hinauf in die Berge, um möglichst viel zu lesen und zu schreiben, bevor der Krieg alles zerstören würde.

Ich blieb bis Dezember auf der Jahorina. Mein mönchisches Bergleben drehte sich nun um grundlegenden Selbstschutz, denn wenn der Krieg erst einmal in meinem Kopf war, so meine Sorge, würde er ihn plündern und in Brand setzen. Ich las den *Zauberberg* und Kafkas Briefe, ich schrieb verrückte Sachen voller Irrsinn, Tod und grotesker Wortspiele. Ich hörte Miles Davis, der in jenem Herbst starb, und starrte dabei in die Kaminglut. Auf meinen Bergwanderungen führte ich imaginäre Gespräche mit imaginären Partnern, fast wie Castorp und Settembrini. Ich hackte Holz, um meine Angst in Schach zu halten. Manchmal kletterte ich eine steile Bergwand hoch, einfach so, ungesichert. Ich sagte mir, wenn du es schaffst, heil oben anzukommen, wirst du auch den Krieg überleben. Zu meinen täglichen Ritualen gehörte es, abends um halb acht den Fernseher einzuschalten, die Nachrichten wurden immer schlimmer.

Jahre später, in Chicago, machte ich Übungen, die mir helfen sollten, meine Wut in den Griff zu bekommen. Mein ewig grinsender Therapeut empfahl mir, meine Atmung wahrzunehmen und dabei einen Ort zu imaginieren, den ich mit Frieden und Sicherheit verband. Das war dann immer unsere Berghütte in der Jahorina, die ich mir in allen Einzelheiten vorstellte: die glatte Oberfläche des Holztischs, den mein Vater ohne einen einzigen Nagel gebaut hatte, die Skipässe, die unter der stummen Kuckucksuhr hingen, der unverwüstliche Kühlschrank, den die Eltern hinauftransportiert hatten und dessen Firmenname (Obod Cetinje) das erste Wort war, das ich selbstständig entziffert hatte. In den Therapiestunden erinnerte ich mich daran, wie das einsame Lesen meinem verwirrten Geist geholfen hatte, wie der Schmerz ein wenig gelindert wurde durch den Kieferngeruch, die klare Gebirgsluft und das besondere Licht am Morgen.

Im Herbst 1991, gegen Ende meiner Zeit in der Jahorina, leistete Mek, unser junger Irish Setter, mir Gesellschaft. Morgens wurde er mit den Vögeln munter, leckte mir über Wangen und Stirn. Ich ließ ihn dann hinaus, damit er tun konnte, was junge Hunde in aller Herrgottsfrühe tun müssen, ging wieder ins Bett und las oder fiel wieder in einen Traum mit lauter Romanfiguren. Eines Morgens, nachdem ich Mek hinausgelassen hatte, hörte ich Schüsse. Ich schaute nach draußen und sah einen Trupp Militärpolizisten, an den weißen Gürteln leicht zu erkennen. Sie schossen mit Platzpatronen auf imaginäre Feinde, trugen Gasmasken, liefen an der Hütte vorbei bergauf. Mitten unter ihnen war

Mek, der in jugendlichem Überschwang herumtollte und sie anbellte. Eine Platzpatrone aus nächster Nähe würde ihn bestimmt töten, also lief ich, im Pyjama und mit dem Buch in der Hand, den Militärpolizisten hinterher und rief nach Mek, der meine Rufe aber nicht hörte. Ich holte die Männer erst ein, als sie kurz stehenblieben, um zu verschnaufen. Sie rissen sich die Gasmasken herunter und keuchten, der Schweiß lief ihnen von der Stirn, während ich mich stammelnd für irgendetwas entschuldigte. Sie waren so erschöpft und in Gedanken so sehr bei ihrer Kriegsübung, dass sie nichts sagten. Ich kehrte wieder um, zerrte Mek am Halsband hinter mir her, während sie neue Positionen einnahmen, vielleicht sogar auf mich zielten.

An einem anderen Morgen, Anfang Dezember, saß ich niedergeschlagen und verfroren da, trank lauwarmen Tee und war viel zu müde, um Feuer zu machen. Mek legte seinen Kopf auf meinen Schoß. Ich starrte in den Nebel und fragte mich, was aus uns werden würde. Der unaufhaltsam näherrückende Krieg stürzte mich in eine solche Verzweiflung, dass ich weder lesen noch schreiben konnte. Ich fiel in ein tiefes schwarzes Loch. In dem Moment klingelte das Telefon, zumindest habe ich es so in Erinnerung, und eine Frau vom amerikanischen Kulturzentrum sagte, die United States Information Agency habe mich zu einer Besuchsreise in die USA eingeladen. Im Sommer hatte ich mit dem Leiter des Kulturzentrums gesprochen, von meiner Bewerbung aber nichts erwartet und die Sache vergessen. Für einen kurzen Moment dachte ich sogar, dass sich jemand einen Scherz machte, aber als die Frau mich bat, bald vorbeizukommen, um die Einzelheiten meiner Reise zu regeln, sagte ich zu. Ich legte auf und machte Feuer. Am nächsten Tag fuhr ich zurück nach Sarajevo.

Das Undenkbare geschieht

Am 14. Oktober 1991 sprach Radovan Karadžić vor dem bosnisch-herzegowinischen Parlament über das geplante Referendum über die Unabhängigkeit von Restjugoslawien, das nach der Sezession von Slowenien und Kroatien nur noch ein Torso war. Er warnte die Abgeordneten davor, den Slowenen und Kroaten auf ihrem »Weg in Hölle und Leid« zu folgen.

Ich war zu der Zeit in der Jahorina, ich las und schrieb, um mich abzulenken. In den Abendnachrichten sah ich, wie Karadžić die Abgeordneten anfuhr: »Glaubt nicht, ihr werdet Bosnien-Herzegowina vor dem Untergang und die muslimische Bevölkerung vor der möglichen Auslöschung bewahren, denn die Muslime können sich nicht verteidigen, falls es hier zu Krieg kommt.« Während seiner ganzen Tirade packte er, wie ich das von seinen Pressekonferenzen kannte, den Rand des Rednerpults, als wollte er es im nächsten Moment auf die verängstigten Zuhörer schleudern. Doch dann ließ er es los und stieß bei dem Wort Auslöschung mit dem Zeigefinger in die Luft. Präsident Alija Izetbegović, ein Muslim, war sichtlich nervös.

Auf YouTube findet man mühelos ein grobkörniges Video

von Karadžić' Hasspredigt. Internet und Fernsehen können fast alles in ungefährliche Banalitäten verwandeln, aber bei seinem Auftritt gefriert einem noch immer das Blut in den Adern. Karadžić war damals Präsident der ultranationalistischen Serbischen Demokratischen Partei, die bereits die mehrheitlich serbischen Teile Bosniens kontrollierte, aber er war kein Abgeordneter und bekleidete auch kein Staatsamt. Er war einfach da, weil er Macht hatte. Seine Anwesenheit ließ das Parlament schwach und bedeutungslos erscheinen. Gestützt von der Volksarmee, sprach er aus einer Position unangreifbarer Macht über Leben und Tod ebenjenes Volkes, dessen Vertreter in diesem Parlament saßen. Das wusste er, und es gefiel ihm.

Ruhiggestellt durch wochenlange therapeutische Lektüre (Kafka, Thomas Mann), war mir nicht gleich klar, was Karadžić mit »Auslöschung« meinte. Ich suchte nach einer milderen, weniger bedrohlichen Interpretation – meinte er vielleicht »historische Bedeutungslosigkeit«? Damit hätte ich mich anfreunden können, was immer damit gemeint sein mochte. Was Karadžić sagte, lag jenseits meiner humanistischen, für Träume und Ängste empfänglichen Fantasie; seine Worte reichten weit über die Normalität hinaus, an der ich verzweifelt festhielt, während der sogenannte Alltag in Sarajevo immer mehr vom Krieg bedroht wurde.

Letztlich entschied sich das Parlament für die Volksabstimmung, die im Februar 1992 stattfand. Die Serben boykottierten sie, die meisten Bosnier stimmten für die Unabhängigkeit. Im März wurden in Sarajevo Barrikaden errichtet, in den Bergen ringsum fielen immer wieder Schüsse. Im April schossen Karadžić' Scharfschützen auf eine friedliche Demonstration vor dem Parlament, zwei Frauen starben. Am 2. Mai wurde Sarajevo von der übrigen Welt abgeschnitten, und es begann die längste Belagerung in der modernen Geschichte. Am Ende des Sommers waren fast überall auf der Welt Fotos von einem serbischen Todeslager veröffentlicht worden. Inzwischen war mir klar, dass Karadžić dem bosnischen Parlament seinerzeit mit der Vernichtung der bosnischen Muslime gedroht hatte – das war die Peitsche, aber das Zuckerbrot war das nackte Überleben. Im Grunde hatte er gesagt: »Zwingt mich nicht dazu, denn ich werde kein Problem damit haben, euch die Hölle auf Erden zu bereiten.«

Heute steht für mich außer Frage, dass Karadžić, unabhängig vom Ausgang der Parlamentssitzung, in jedem Fall mit seinem Autokonvoi in Richtung Hölle und Elend brausen wollte. Was ich damals nicht verstanden habe, ist mir heute klar: dass es zu Krieg kommen würde, stand schon längst fest. Die Vernichtungsmaschinerie war schon angeworfen, alles war vorbereitet für den Genozid, dessen Ziel nicht bloß die Vernichtung und Vertreibung der bosnischen Muslime war, sondern auch der Zusammenschluss der ethnisch gesäuberten Regionen zu einem Groß-Serbien. Warum dieser Auftritt vor dem Parlament, wenn Frieden gar nicht zur Debatte stand? Warum?

Ich habe lange versucht zu begreifen, warum alles, was ich kannte und was mir lieb war, auf so brutale Weise zerstört wurde. Ich habe alle Details zusammengetragen, um zu verstehen, wie es zu der Katastrophe kommen konnte. Nach Karadžić' Verhaftung habe ich mir das YouTube-Video angesehen, um seinen Auftritt zu verstehen. Heute weiß ich – der Zweck seines Auftritts war der Auftritt selbst. Er richtete sich nicht an das bosnische Parlament, sondern an die patriotischen Serben, die vor dem Fernseher saßen, all jene, die bereit waren, ein gigantisches Projekt in Angriff zu nehmen, dessen Vollendung Opfer, Mord und ethnische Säuberung verlangen würde. Karadžić demonstrierte seinen Leuten, dass er so hart und entschlossen war, wie ein Anführer sein musste, aber eben keineswegs dumm oder unvernünftig. Er deutete an, dass Krieg keine übereilte Entscheidung von seiner Seite wäre, aber ihm war klar, dass Genozid wohl unausweichlich war. Wenn es einen schwierigen Job zu erledigen gäbe, dann wäre er es, der das gnadenlos und bedenkenlos tun würde. Er würde sein Volk durch die Kriegshölle in das Land führen, in dem Ehre und Erlösung warteten.

Karadžić' Vorbild war der *Bergkranz* (*Gorski vijenac*), jenes berühmte Epos von Petar Petrović Njegoš. Wir hatten es in der Schule lernen müssen, weil es zum sozialistischen Kanon gehörte. Es war leicht zu interpretieren, wenn man sich an das offizielle Geschichtsbild des titoistischen Jugoslawien hielt. Das im ausgehenden siebzehnten Jahrhundert angesiedelte und 1847 veröffentlichte Werk ist tief verwurzelt in der Tradition der epischen Lyrik Serbiens und ein Grundlagentext des serbischen Nationalismus, den ich immer furchtbar langweilig gefunden habe. Hauptfigur ist Vladika Danilo, Fürstbischof von Montenegro, dem einzigen serbischen Territorium, das von den mächtigen Osmanen nie erobert wurde. Vladika Danilo hat ein großes Problem: Einige Montenegriner Serben sind zum Islam übergetreten. Für ihn sind sie die Fünfte Kolonne der Türken, denen man noch nie trauen konnte, eine unablässige Bedrohung für die Freiheit und Souveränität der Serben.

Weiser Herrscher, der er ist, beruft Vladika Danilo eine Ratsversammlung ein, die ihm bei der Suche nach einer Lösung helfen soll. Er lauscht den Empfehlungen diverser blutrünstiger Krieger: »Ohne Leid wird kein Lied gesungen«, ruft einer. »Ohne Leid wird kein Säbel geschmiedet.« Vladika Danilo empfängt eine Abordnung von Muslimen, die um Frieden und Koexistenz und so weiter bitten. Sie sollen aber nur leben dürfen, wenn sie »zum Glauben der Ahnen zurückkehren«. Er spricht von Freiheit und den schwierigen Entscheidungen, die zu ihrem Schutz notwendig sind: »Der Wolf hat auf das Schaf ein Anrecht / Wie der Tyrann auf schwache Menschen / Doch den Tyrannen in den Nacken treten, ihn zwingen zu des Rechts Erkenntnis, ist des Menschen heiligste Verpflichtung.«

Schließlich erkennt Vladika Danilo, dass die totale, absolute Vernichtung der Muslime die einzige Möglichkeit ist:

»Mag der Kampf auch ewig währen / Mag geschehen, was nicht kann geschehen.« Er wird sein Volk durch die Hölle des Todes zu Ehre und Erlösung führen: »Auf den Gräbern werden Blumen sprießen / Dem Geschlechte einer fernen Zukunft.«

Karadžić, der in dem Teil Bosniens aufwuchs, wo die Post von Wölfen zugestellt wird (wie wir in Sarajevo sagten), war mit der epischen Dichtung Serbiens bestens vertraut. Als guter Spieler der Gusle (einer einsaitigen Fiedel, die gern zur Begleitung von mündlich vorgetragenen Epen eingesetzt wird) interpretierte er seine Rolle im strahlenden Licht Vladika Danilos. Er erkannte sich im Märtyrertod des Führers, hielt sich für denjenigen, der auserkoren war, das Werk Vladika Danilos zu Ende zu bringen. Er sah sich als Held in einem Epos, das künftige Generationen singen würden.

Und tatsächlich war er, als er sich nach dem Krieg in Belgrad als New-Age-Quacksalber frei bewegte, Stammgast in der Kneipe *Luda kuća* (Irrenhaus). Regelmäßig wurden dort zur Gusle serbische Epen gesungen, an der Wand hingen Porträts von ihm und General Mladić (der inzwischen in Den Haag vor Gericht steht). Eine Lokalzeitung schrieb, Karadžić habe mindestens einmal ein episches Gedicht vorgetragen, dessen kriegerischer Held er selbst war. Man stelle sich die bizarre Situation vor: Ein getarnter Kriegsverbrecher erzählt in Zehnsilbern von seinen schrecklichen Taten, ohne seine Identität preiszugeben, um die Geschichte noch brutaler und heroischer darstellen zu können.

Die tragische Ironie ist natürlich, dass Karadžić seine historische, pseudoheroische Rolle in nicht einmal zehn Jahren ausagierte. In dieser infernalischen Zeit wurden Hunderttausende umgebracht, Millionen vertrieben (darunter auch die Hemons), Unzählige mussten für seine Aufnahme in das Pantheon der serbischen Nationaldichtung mit Leid bezahlen. Gut möglich, dass er sich seinen Haager Mitgefangenen als weiser Sänger vorstellte.

Als Schriftsteller kann man nicht umhin, in der Geschichte des Radovan Karadžić eine Art Shakespeare-für-Dummköpfe-Lektion zu sehen. Seine eigentliche Heimat war die Hölle, die er anderen bereitete, bevor er Führer der bosnischen Serben wurde, und kaum wurde er von Slobodan Milošević (der ihn stützte, solange er ihm nützlich war) fallen gelassen, war er ein Niemand. Vor dem Krieg war er ein mittelmäßiger Psychiater, drittklassiger Dichter und kleiner Betrüger, bei seiner Verhaftung ein Scharlatan mit Haarknoten auf der Stirn, der die kosmische Energie anziehen sollte. Erst während des Krieges, als Darsteller auf blutgetränkter Bühne, konnte er sein unmenschliches Potential voll entfalten. Er war, der er war, weil das, was nicht sein konnte, dann doch geschah.

Hundeleben

Als Kind brachte ich oft junge räudige Hunde mit nach Hause, die ich auf der Straße aufgelesen hatte. Ich bereitete aus Sofakissen ein weiches Bett, ging zur Schule und überließ den Findling seinem neuen Leben, in der Hoffnung, er werde, wenn er sich nur einigermaßen wohlfühlte, lebenslange Freundschaft mit mir schließen. Doch wenn meine Eltern von der Arbeit nach Hause kamen, war die Wohnung ein einziges Chaos. Der Hund hatte die Kissen zerfetzt und auf den Boden gepinkelt. Mein erhoffter lebenslanger Freund landete sofort wieder auf der Straße.

Meine Eltern stammten aus armen Bauernfamilien, für die es nur landwirtschaftliche Nutztiere gab, Haustiere waren undenkbar. Also musste ich leidenschaftlich um mein Recht auf einen Hund kämpfen. Unsere Familie war keine demokratische Veranstaltung. Unmissverständlich wurde mir zu verstehen gegeben, dass meine Pflichten der Familie gegenüber wichtiger seien als alles andere. Auf mehr als Essen, ein Dach über dem Kopf, Erziehung und Liebe hatte ich keinen Anspruch. Und endgültig besiegelt wurden meine Hundebesitzerhoffnungen durch das schwer zu widerlegende Argument meiner Mutter, dass ich nie aufräumte und daher auch nicht hinter einem Hund aufräumen würde.

Doch meine Schwester Kristina war (und ist) eine willensstarke Natur. Während ich um das Recht kämpfte, über meine Rechte zu diskutieren, verfolgte meine zielstrebige Schwester einen viel wirkungsvolleren Ansatz. Sie forderte die ihr zustehenden Rechte nicht ein, sondern setzte sie einfach voraus und handelte entsprechend.

Erst tauchte sie mit einer siamesischen Katze auf, die an einer so seltenen Form von Peritonitis starb, dass wir sie der Tiermedizinischen Klinik zu Forschungszwecken schenkten. Dann brachte sie eine gescheckte Katze, die wir frei umherlaufen ließen, bis sie eines Tages überfahren wurde und Mutter so verzweifelt war, dass sie uns ein für alle Mal untersagte, weitere Tiere mitzubringen. Sie verkrafte das einfach nicht, sagte sie.

Kristina, die schon längst ihr Recht durchgesetzt hatte, das zu tun, wonach ihr der Sinn stand, ignorierte das Verbot einfach. Im Frühjahr 1991 fuhr sie mit ihrem damaligen Freund nach Novi Sad in Nordserbien, wo sie einen Züchter ausfindig gemacht hatte. Von ihrem gesparten Geld kaufte sie einen süßen jungen Irish Setter mit glänzendem kastanienbraunen Fell und brachte ihn mit nach Hause. Vater war schockiert – in der Stadt waren Hunde offensichtlich nutzlos, erst recht ein prachtvoller Irish Setter – und bestand darauf, dass sie das Tier sofort zurückbrachte. Kristina hörte natürlich nicht auf ihn. Mutter leistete erwartungsgemäß verbalen Widerstand, wollte nicht schon wieder ein Geschöpf im Haus haben, das ihr am Ende das Herz brechen würde, aber es war klar, dass sie sich in den Kleinen bereits verliebt hatte. Als er sich am nächsten oder übernächsten Tag über einen Schuh hermachte, wurde ihm augenblicklich vergeben. Wir gaben ihm den Namen Mek.

In einer Stadt wie Sarajevo lebt niemand für sich allein. Was die Leute erleben, teilen sie mit anderen. Etwa zu der Zeit, als Mek zu uns kam, erwarb mein bester Freund Veba, der gegenüber von uns wohnte, einen Schäferhund namens Don. Sein Vater, Unteroffizier in der Jugoslawischen Volksarmee, arbeitete in einem Depot am Stadtrand, wo es eine Hündin gab, die mehrere Junge geworfen hatte. Veba suchte sich den schwächsten, ungeschicktesten Welpen aus, der, falls sie beseitigt würden, als Erster dran wäre.

Veba war Kristinas erster Freund und der einzige, den ich wirklich leiden konnte. Das war in der Zeit, als sie noch zur Oberschule gingen, und zwei Jahre später hatte er sich von ihr getrennt. Kristina litt darunter, aber Veba und ich blieben gute Freunde, spielten in einer Band und machten überhaupt viel zusammen. Nachdem meine Schwester den Trennungsschmerz überwunden hatte, kamen sich die beiden wieder näher. Sie gingen oft mit ihren jungen Hunden spazieren. Ich wohnte da schon nicht mehr bei den Eltern, kam aber oft zu Besuch, vor allem, seit Mek im Haus war –

ich ging gern mit ihm hinaus. Dank meiner unbezähmbaren Schwester hatte sich mein Kindheitstraum erfüllt. Veba und ich gingen mit Mek und Don am Fluss spazieren oder saßen auf einer Bank und sahen zu, wie sie im Gras herumtollten und spielerisch übereinander herfielen, während wir rauchten und über Musik, Bücher, Mädchen und Filme redeten. Ich weiß nicht, auf welche Weise Hunde Freundschaft schließen, aber Mek und Don waren so eng befreundet wie Veba und ich.

Zum letzten Mal habe ich die beiden Hunde erlebt, als wir auf die Jahorina fuhren, um dort oben das Jahr 1992 zu begrüßen. Außer Kristina und mir und unseren Freunden, insgesamt zehn Personen, waren auch drei Hunde dabei: Mek, Don und Laki, ein energiegeladener Hund undefinierbarer Mischung, den Guša mitgebracht hatte (er bezeichnete ihn als einen Cocktail Spaniel). In der kleinen Berghütte stolperten wir über die Hunde, die sich oft wegen irgendeiner Sache in die Haare kriegten und von uns getrennt werden mussten. Als wir einmal bis spät in die Nacht Préférence spielten, hatten Guša und ich einen so heftigen Streit, dass die Hunde fast ausflippten – ihr Bellen und unser Gebrüll waren so laut, dass die Wände zitterten. Ich erinnere mich an diesen Moment mit Wärme, weil er die ganze Intensität unseres bisherigen Lebens enthielt. Damals wusste ich nicht, dass die Woche, die wir oben auf der Jahorina verbrachten, so etwas wie eine Abschiedsparty war. Ein, zwei

Wochen später verließ ich Sarajevo in Richtung USA. In unsere Berghütte bin ich nie wieder zurückgekehrt.

Kristina und Veba erlebten Mek und Don im April 1992 zum letzten Mal zusammen, als sie mit den beiden in einem Park spazierengingen. In den Bergen oberhalb von Sarajevo wurde geschossen. Ein Flugzeug der jugoslawischen Volksarmee durchbrach über der Stadt die Schallmauer, die Hunde bellten wie verrückt. Kristina und Veba verabschiedeten sich mit einem »Bis später!«, aber bis zu ihrem Wiedersehen sollten fünf Jahre vergehen.

Schon bald folgte Kristina ihrem damaligen Freund nach Belgrad. Meine Eltern blieben noch ein paar Wochen, in denen sporadische Schüsse und Granatfeuer täglich zunahmen. Immer öfter waren sie mit den Nachbarn im Keller und versuchten Mek zu beruhigen. Am 2. Mai 1992 bestiegen sie, mit Mek an der Leine, den letzten Zug, bevor die unerbittliche Belagerung Sarajevos begann. Bald kam der Bahnhof unter Beschuss, und rund zehn Jahre lang konnte kein Zug die Stadt verlassen.

Meine Eltern fuhren in das Dorf in Nordwestbosnien, aus dem mein Vater stammt, ein paar Kilometer von Prnjavor entfernt, das die Serben inzwischen eingenommen hatten. Auf einer Anhöhe namens Vućijak (Wolfshügel) stand noch das Haus meiner verstorbenen Großeltern. Dort waren Bienenkörbe, die meinem Vater gehörten und die für den Sommer vorbereitet werden mussten. Hauptsächlich deswegen hatte er Sarajevo verlassen. In Verkennung der Tatsache, dass sie womöglich lange Zeit nicht mehr heimkehren konnten, hatten sie weder warme Kleidung noch ihre Pässe, sondern nur ein paar Sommersachen eingepackt.

Sie verbrachten die ersten Kriegsmonate dort auf dem Land, lebten von dem, was Honigproduktion und Gemüsegarten hergaben. Konvois mit betrunkenen serbischen Soldaten kamen vorbei, unterwegs zu einer ethnischen Säuberungsaktion oder zurück von der Front, sie sangen blutrünstige Lieder und schossen wütend in die Luft. Meine Eltern versteckten sich im Haus und hörten heimlich Nachrichten aus dem belagerten Sarajevo. Wenn Mek den Lastwagen manchmal fröhlich hinterherrannte, riefen meine Eltern ihn verzweifelt zurück, weil sie befürchteten, die betrunkenen Soldaten könnten ihn aus reiner Gaudi erschießen. Wenn keine Transporter und keine Soldaten in der Gegend waren, lief er die Berghänge hinauf und hinunter, vielleicht erinnerte er sich an die Zeit auf der Jahorina.

In dem Sommer wurde Mek krank, kam nicht mehr auf die Beine, aß und trank nicht mehr, in seinem Urin war Blut. Meine Eltern betteten ihn im Badezimmer auf den Boden, dort war es am kühlsten im ganzen Haus. Mutter streichelte ihn und redete mit ihm, und er sah sie dabei aufmerksam an – sie behauptete immer, er habe jedes ihrer Worte verstanden. Sie riefen den Tierarzt, doch der war ständig unterwegs, weil er sich um alle Tiere in der Gegend kümmern musste. Als er ein paar Tage später kam, sah er sofort, dass Mek von Zecken befallen war, die ihn vergifteten. Seine Prognose war nicht sehr gut, aber er meinte, in der Praxis könne er ihm ein Mittel injizieren, das vielleicht helfen würde. Mein Vater lieh sich von meinem Onkel den Traktor und einen Anhänger, in dem normalerweise Schweine zum Schlachten transportiert wurden, und schaffte den lahmen Mek hinunter nach Prnjavor, damit er die lebensrettende Spritze bekam. Wenn unterwegs Armeelastwagen vorbeifuhren, starrten die Soldaten auf den hechelnden Mek.

Das Wundermittel half, Mek erholte sich schon bald. Doch dann ging es meiner Mutter furchtbar schlecht. Sie hatte Steine in der Gallenblase – in Sarajevo war ihr eine Operation empfohlen worden, die sie aus Angst immer wieder hinausgeschoben hatte, und dann war der Krieg ausgebrochen. Ihr Bruder, Onkel Milisav, der in Subotica an der ungarischen Grenze wohnte, holte sie ab, damit sie sich dort operieren lassen konnte. Vater musste auf seinen Freund Dragan warten, der ihn und Mek nach Subotica bringen würde. Und während er die Bienenstöcke für die lange Zeit seiner Abwesenheit vorbereitete, lag Mek im Gras und leistete ihm Gesellschaft.

Wenig später traf Dragan ein. Am Checkpoint vor Vućijak war er angehalten worden. Die Männer, unrasiert, betrunken und ungeduldig, hatten ihn gefragt, wohin er wolle. Als sie hörten, dass mein Vater ihn erwartete, erklärten sie in drohendem Ton, dass sie meinen Vater schon lange beobachteten, dass sie alles über seine Familie wüssten (ukrainischer Herkunft – Anfang des Jahres war die ukrainische Kirche in Prnjavor von Serben in Brand gesteckt worden), auch über seinen Sohn (also mich), der antiserbische Artikel geschrieben habe und inzwischen in Amerika sei. Sie hätten nicht übel Lust, meinen Vater ein für alle Mal zu erledigen, sagten sie zu Dragan. Die Männer gehörten zu einer paramilitärischen Einheit, die sich Vukovi (Wölfe) nannte, angeführt von einem gewissen Veljko, den mein Vater ein paar Jahre zuvor aus einer Versammlung geworfen hatte, auf der über eine neue Wasserleitung diskutiert worden war. Veljko ging dann nach Österreich und verfolgte dort eine lukrative Karriere als Krimineller, kehrte aber rechtzeitig vor dem Krieg zurück, um seine paramilitärische Truppe zusammenzustellen. »Richte Hemon aus, wir kommen«, riefen die Wölfe und ließen Dragan passieren.

Als Dragan von diesem Vorfall berichtete, den er sehr ernst nahm, hielt mein Vater es für das Beste, möglichst bald zu verschwinden und nicht auf die Killer zu warten. Am Checkpoint hatte es gerade einen Wachwechsel gegeben, die Posten waren nicht so betrunken oder rüpelhaft, sie winkten meinen Vater und Dragan einfach durch. Auch Mek bemerkten sie nicht, da mein Vater ihn auf dem Boden hielt. Die Wölfe zerstörten dann in ihrer sinnlosen Wut, oder weil sie es vielleicht auf den Honig abgesehen hatten, die Bienenstöcke meines Vaters. (Später schrieb er mir nach Chicago, dass ihn von allen Verlusten, die der Krieg brachte, der Verlust seiner Bienen am meisten schmerzte.)

Bis zur serbischen Grenze mussten Vater und Dragan viele Checkpoints passieren. Vater befürchtete, dass die Posten beim Anblick eines schönen Irish Setter sofort wüssten, dass er aus einer Stadt kam, denn auf dem Land gab es eher räudige Köter und Wölfe als rotbraune Irish Setter. Überdies würden sie sich vermutlich furchtbar aufregen, wenn sie jemanden sahen, der mitten im Krieg, bei all den vielen Toten, einen Hund retten wollte. Bei jedem Checkpoint machte Mek Anstalten aufzustehen, doch mein Vater drückte ihn immer auf den Boden, flüsterte ihm beruhigende Worte ins Ohr. Mek legte sich dann wieder hin. Nie gab er einen Laut von sich, nie stand er auf, und wie durch ein Wunder wurde er nirgendwo bemerkt. Mein Vater und Dragan schafften es über die Grenze und erreichten schließlich Subotica.

Derweil wurde Veba im belagerten Sarajevo zur bosnischen Armee eingezogen, die die Stadt gegen die ehemalige Jugoslawische Volksarmee verteidigte, die sich von einem Tag auf den anderen in die serbische Armee verwandelt hatte. Vebas Vater war bei Ausbruch der Kampfhandlungen in seinem Depot und wurde dort von den Bosniern verhaftet. Seine Familie hörte jahrelang nichts von ihm, niemand wusste, ob er überhaupt noch am Leben war.

Während meine Familie in alle Himmelsrichtungen verstreut wurde, lebte Veba mit der seinen noch immer gegenüber von unserem Haus. Er teilte sich eine kleine Wohnung mit seiner Freundin, mit seiner Mutter, seinem Bruder und Don. Bald wurden Lebensmittel knapp – eine Scheibe Brot mit etwas Öl darüber war in dieser Zeit eine anständige Mahlzeit. Für die meisten Leute gab es nur Reis, Tag für Tag. Herrenlose Hunde streiften durch die Stadt, griffen manchmal Menschen an oder machten sich über frische Leichen her. Einen Hund zu haben und für ihn zu sorgen war ein beargwöhnter Luxus, aber Vebas Familie teilte mit Don, was immer sie hatte – alle waren bis auf die Knochen abgemagert. Manchmal gab es nichts zu essen, aber Don verstand die schwierige Lage irgendwie und bettelte nie. Bei Granatbeschuss schlich er durch die Wohnung und beruhigte sich erst, wenn alle Familienmitglieder im Raum waren. Dann legte er sich hin und musterte sie aufmerksam. Manchmal, um ihn abzulenken, fragte jemand: »Wo ist Mek? Wo ist Mek?«, und dann lief er zur Haustür und bellte aufgeregt, erinnerte sich an seinen Freund.

Wenn sie mit Don Gassi gehen wollten, mussten sie auf der Seite des Hauses bleiben, wo sie vor den serbischen Scharfschützen sicher waren. Die Kinder spielten mit Don und streichelten ihn. Binnen kurzem entwickelte Don ein unheimliches Gespür für unmittelbar bevorstehenden Granatbeschuss. Er bellte dann und lief nervös im Kreis herum, sprang an Vebas Mutter hoch und gab keine Ruhe, bis alle wieder in das Haus zurückkehrten. Wenig später schlugen irgendwo in der Nähe Granaten ein.

Vater und Mek fuhren schließlich zu meiner Mutter nach Subotica. Nachdem sie sich von ihrer Operation einigermaßen erholt hatte, zogen meine Eltern nach Novi Sad, hundert Kilometer weiter südlich, wo der andere Bruder meiner Mutter eine kleine Einzimmerwohnung hatte, in der sie unterkamen. Sie blieben ungefähr ein Jahr dort und versuchten in der Zeit, die für ein kanadisches Einwanderervisum erforderlichen Papiere zusammenzubekommen. Mein Vater war manchmal wochenlang in Ungarn, wo er in Dragans Baufirma arbeitete. Für meine Mutter waren Meks Anwesenheit und die gelegentlichen Besuche meiner Schwester der einzige Trost. Sie sehnte sich nach Sarajevo, war entsetzt über die Entwicklung in Bosnien, empört über die serbische Propaganda, die gnadenlos von Radio und Fernsehen verbreitet wurde. Tagelang weinte sie, Mek legte den Kopf in ihren Schoß und sah sie mit feuchten Setteraugen an. Er war ihr einziger Freund und Vertrauter. Jeden Tag musste sie aufs Neue erkennen, dass sie alles verloren hatten, wofür sie zeitlebens gearbeitet hatten. Geblieben war ihr nur noch der prachtvolle Irish Setter.

In der Einzimmerwohnung in Novi Sad hielten sich oft bosnische Flüchtlinge auf, Freunde von Freunden oder entfernte Verwandte, die meine Eltern aufnahmen, bis die Unglücklichen es nach Deutschland oder Frankreich oder in ein anderes Land schafften, wo sie nicht erwünscht waren. Alle schliefen auf dem Fußboden, meine Mutter stieg über die Schlafenden hinweg, wenn sie auf die Toilette musste,

Mek immer hinterdrein. Er ließ die Flüchtlinge in Ruhe, bellte nie, ließ sich von den Kindern streicheln.

Ungestümer junger Hund, der er war, hatte er ständig Zoff mit anderen Hunden. Als meine Mutter einmal mit ihm nach draußen ging, geriet er an einen bösartigen Rottweiler. Dummerweise versuchte sie, die beiden Raufbolde zu trennen, woraufhin der Rottweiler ihr in die Hand biss. Kristina, die zufällig anwesend war, brachte Mutter zur Notaufnahme, wo man ihre Wunde aber nicht versorgen konnte. Die Ärzte gaben meiner Mutter die Adresse eines Kollegen, der ihr für Geld Verbandszeug und eine Tetanusspritze geben würde. Für die Heimfahrt reichte das Geld nicht mehr, worauf der Taxifahrer erklärte, er werde den Rest am nächsten Tag abholen. Meine Schwester sagte ganz unverblümt, dass er sich das sparen könne, denn auch morgen oder übermorgen würden sie kein Geld haben. (Der Taxifahrer verzichtete darauf, es einzutreiben. Die Inflation in Serbien lag bei etwa 300 Prozent täglich, das Geld wäre am nächsten Tag ohnehin wertlos gewesen.) Noch Jahre später konnte meine Mutter ihre Hand nicht richtig bewegen, und Mek flippte schier aus, sobald er in der Gegend einen Rottweiler auch nur roch.

Im Herbst 1993 hatten meine Eltern und meine Schwester schließlich alle Papiere für Kanada samt Flugtickets beisammen. Verwandte und Freunde kamen, sich zu verabschieden, und allen war klar, dass sie einander nie mehr sehen würden. Es flossen viele Tränen, wie bei einer Beerdigung. Mek spürte, dass etwas bevorstand. Nie ließ er Mutter und Vater aus den Augen, als befürchtete er, alleingelassen zu werden. Er war besonders anschmiegsam, suchte ihre Nähe, wenn er sich ausstreckte, oder legte den Kopf in ihren Schoß. Mein Vater fand das zwar sehr rührend, aber mitnehmen nach Kanada wollte er ihn nicht – er wusste ja nicht, was sie dort erwartete, wo sie unterkommen würden, ob sie sich eine Existenz würden aufbauen und zugleich um einen Hund würden kümmern können. Für meine Mutter war ein Leben in Kanada ohne Mek einfach nicht vorstellbar, schon bei dem Gedanken, ihn wildfremden Leuten zu übergeben, brach sie in Tränen aus.

Veba heiratete dann und zog mit seiner Frau um. Don blieb bei Vebas Mutter und Bruder, weil Veba immer lange Zeit außer Haus war, und auch seine Frau, die beim Roten Kreuz arbeitete, war oft längere Zeit unterwegs. Als Assistentin eines Roten-Kreuz-Delegierten stellte sie während einer Inspektion eines bosnischen Kriegsgefangenenlagers fest, dass Vebas Vater am Leben war. Seit Vlado bei Kriegsausbruch nicht mehr nach Hause gekommen war, sprang Don bei der Frage »Wo ist Vlado?« immer an dem Garderobenständer hoch, an dem der Vater seine Uniform aufgehängt hatte. Ćika Vlado wurde bei Kriegsende entlassen, aber Don hat ihn nie mehr gesehen.

Ich hörte nur unregelmäßig von Veba und seiner Familie – ein Brief, den er einem befreundeten Ausländer mitgab, ein Anruf mitten in der Nacht per Satellitentelefon, ermöglicht von einem Freund, der für eine ausländische Nachrichtenagentur arbeitete. Während der Belagerung waren die normalen Telefonverbindungen meist tot, aber gelegentlich funktionierten sie unerklärlicherweise, so dass ich immer wieder auf gut Glück versuchte, Veba zu erreichen. Eines Nachts probierte ich es mal wieder von Chicago aus, in Sarajevo war früher Morgen, aber Vebas Mutter nahm sofort ab. Sie schluchzte so herzzerreißend, dass ich sofort dachte, Veba sei tot. Seine Mutter beruhigte sich etwas und sagte, Veba gehe es gut, aber Don sei vergiftet worden. Die ganze Nacht habe er furchtbare Schmerzen gehabt und gelben Schleim gewürgt, kurz vor meinem Anruf sei er gestorben. Veba war ebenfalls da. Er war, nachdem man ihm Bescheid gesagt hatte, mitten in der Nacht, trotz Ausgangssperre, unter Lebensgefahr losgeradelt und hatte es gerade noch geschafft, Don in seinen letzten Minuten in den Armen zu halten. Veba weinte mit mir am Telefon. Ich fand keine Worte, ich wusste nie, wie ich meine Freunde im belagerten Sarajevo trösten konnte. Veba wickelte Don in eine Decke, trug ihn die fünfzehn Stockwerke hinunter und begrub ihn zusammen mit seinem geliebten Tennisball hinter dem Haus.

Mein Vater ahnte, wie untröstlich meine Mutter ohne Mek sein würde, und lenkte schließlich ein. Im Dezember 1993 trafen meine Eltern, meine Schwester und Mek in Kanada ein. Ich fuhr sofort von Chicago aus los, um sie zu begrüßen. Kaum stand ich in der Tür ihrer spärlich möblierten Wohnung in Hamilton (Ontario), kam Mek fröhlich auf mich zugelaufen. Nach fast drei Jahren erinnerte er sich noch an mich! Ich hatte schon lange das Gefühl, dass große Teile meines Sarajevo-Ichs nicht mehr existierten, aber als Mek die Schnauze in meinen Schoß legte, wurde vieles wieder lebendig.

Mek hatte ein schönes Leben in Hamilton. Meine Mutter sagte immer, er sei ein »Glückspilz«. 2007 starb er mit siebzehn Jahren. Sich einen anderen Hund zuzulegen kam für meine Eltern überhaupt nicht in Frage. Mittlerweile vertraut sich meine Mutter einem Wellensittich an, und wenn Mek erwähnt wird, bricht sie jedes Mal in Tränen aus.

Veba kam 1998 nach Kanada. Er lebt mit seiner Frau und den Kindern in Montreal. Jahrelang wollte er keinen Hund mehr haben, aber inzwischen haben sie einen hübschen Husky-Mischling namens Kahlua. Meine Schwester lebt in London. Sie hat seit Mek keinen Hund mehr. Und ich habe eine Frau geheiratet, in deren Leben es immer einen Hund gegeben hat. Wir haben inzwischen einen Rhodesian Ridgeback namens Billie.

Das Buch meines Lebens

Professor Nikola Koljević hatte lange, schlanke Pianistenfinger. Er war Professor für Literatur – in den späten Achtzigern hatte ich an der Universität Sarajevo bei ihm studiert –, doch als junger Mann hatte er in Belgrad als Barpianist sein Studium finanziert. Sogar in einem Zirkusorchester hatte er mitgespielt – ich stellte mir vor, wie er am Rand der Arena saß, vor sich über den Tasten ein Buch mit Shakespeare-Tragödien, wie er sich die Finger massierte, die Löwen nicht beachtete und auf den Auftritt der Clowns wartete.

Professor Koljević hielt ein Seminar über Dichtung und Literaturkritik, in dem wir mit kritischem Blick Lyrik analysierten – Cleanth Brooks, Vertreter des New Criticism, war sein Schutzheiliger. Wir lernten, die einem literarischen Werk innewohnenden Eigenschaften zu analysieren, losgelöst von politischen, biografischen oder anderen äußeren Einflüssen. Die meisten Dozenten hielten ihre Vorlesungen leidenschaftslos, fast unbeteiligt, besessen von den Dämonen akademischer Langeweile. Wir wurden nicht gefordert. Doch bei Professor Koljević packten wir Gedichte wie Weihnachtsgeschenke aus, und das kleine, stickige Zimmer im obersten Stockwerk der Philosophischen Fakultät war erfüllt von der Begeisterung gemeinsamer Entdeckungen.

Der Mann war unglaublich belesen. Oft zitierte er Shakespeare auswendig, was mich jedes Mal beeindruckte. Auch ich wollte einmal alles gelesen haben und mühelos aus dem Gedächtnis abrufen können. Koljević hielt auch ein Seminar über die Kunst des Essays – das war der einzige Schreibkurs, den ich je besucht habe. Wir lasen die klassischen Essayisten, angefangen bei Montaigne, und versuchten dann, ein paar hochtrabende Gedanken zu formulieren, brachten aber nur verunglückte Imitationen zustande. Trotzdem schmeichelte es uns, dass er überhaupt glaubte, wir könnten etwas schreiben, was der Montaigne'schen Welt nahekäme. Wir fühlten uns persönlich eingeladen, Teil des feinsinnigen, durchgeistigten Literaturbetriebs zu werden.

Einmal erzählte uns Professor Koljević von dem Buch, das seine Tochter als Fünfjährige zu schreiben begonnen hatte. Es hieß »Buch meines Lebens«, aber über das erste Kapitel war sie nicht hinausgekommen. Mit dem zweiten Kapitel, sagte er, wolle sie noch warten, bis sie etwas mehr Lebenserfahrung gesammelt habe. Wir, die wir noch in den Anfängen steckten, die wir die katastrophalen Plots, die sich um uns zusammenbrauten, nicht einmal erahnten – wir lachten.

Nach der Abschlussprüfung rief ich Professor Koljević an, um mich dafür zu bedanken, dass er mir eine Welt eröffnet hatte, die durch Lesen erobert werden konnte. Einen Professor anzurufen, eine Respektsperson, der man mit Ehrfurcht begegnete, war ziemlich mutig für einen Studenten, doch er fand nichts dabei. Er lud mich zu einem Abendspaziergang an der Miljacka ein, wie zwei Freunde plauderten wir über die Literatur und das Leben. Er legte mir dabei die Hand auf die Schulter, hielt sich an mir fest, denn ich war deutlich größer. Es war mir unangenehm, aber ich sagte nichts. Er hatte schmeichelhafterweise eine Linie überschritten, und ich wollte diese Nähe nicht zerstören.

Nicht lange nach unserem Spaziergang begann ich meine Tätigkeit in der Redaktion von *Naši dani*. Ungefähr in jener Zeit wurde Professor Koljević ein prominentes Mitglied der Serbischen Demokratischen Partei (SDP), einer extrem nationalistischen Organisation unter Führung des untalentierten Dichters Radovan Karadžić, der der meistgesuchte Kriegsverbrecher der Welt werden sollte. Ich berichtete über Pressekonferenzen der SDP, beobachtete Karadžić, seinen imposanten Kopf mit der wilden grauen Mähne, und verfolgte seine paranoiden, rassistischen Wutausbrüche. Und neben ihm saß Professor Koljević, klein, ernst und akademisch, mit großen Brillengläsern, Tweedjacke mit Wildlederflecken, die Ellbogen aufgestützt, die langen Finger locker aneinandergelegt wie zum Gebet oder Applaus. Anschließend trat ich zu ihm, um ihn höflich zu begrüßen, in der Annahme, dass uns die Liebe zu den Büchern noch immer verband. »Halt dich da raus«, sagte er. »Bleib bei der Literatur.«

Als 1992 der serbische Angriff auf Bosnien und die Belagerung von Sarajevo begannen, war ich bereits in Chicago in Sicherheit. Im Fernsehen sah ich, wie serbische Scharfschützen einem Mann in Knie und Fußgelenke schossen, der unter Granatbeschuss von einem Lastwagen sprang. Auf den Titelseiten der Zeitschriften sah ich ausgemergelte Männer in serbischen Gefangenenlagern und Menschen, die mit angsterfülltem Gesicht die Sniper Alley entlangrannten. Ich sah die Bibliothek von Sarajevo in geduldigen, zielstrebigen Flammen aufgehen.

Die infernalische Ironie, die darin lag, dass ein (schlechter) Dichter und ein Literaturprofessor für die Vernichtung von Hunderttausenden Büchern sorgten, entging mir keineswegs. In den Nachrichten sah ich Professor Koljević manchmal neben Karadžić stehen, der ständig irgendwelche Dinge bestritt – was auch passierte, für ihn war es entweder »Selbstverteidigung«, oder es war überhaupt nicht passiert. Professor Koljević wandte sich manchmal persönlich an die Journalisten, lachte, wenn nach Vergewaltigungscamps gefragt wurde, oder wies alle Anschuldigungen mit dem Argument zurück, dass solche Dinge leider in jedem »Bürgerkrieg« passierten. In Marcel Ophüls' »*The Troubles We 've Seen*«, einer Dokumentation über ausländische Journalisten, die über den Bosnien-Krieg berichteten, spricht Professor Koljević – der »serbische Shakespeare-Experte« – mit einem BBC-Reporter, gibt in perfektem Englisch Plattitüden von sich und erklärt den Lärm serbischer Granaten, die im Hintergrund in Sarajevo explodieren, als Bestandteil der üblichen Feierlichkeiten zum orthodoxen Weihnachtsfest. »Dieser Brauch«, sagt er, »wird bei den Serben seit altersher gepflegt.« Er schmunzelt dabei und freut sich über seinen gelungenen Einfall. »Aber es ist doch noch längst nicht Weihnachten«, erwidert der BBC-Reporter.

Professor Koljević ließ mich nicht mehr los. Ich überlegte, wann mir seine extremistischen Ansichten erstmals aufgefallen waren. Schuldbewusst erinnerte ich mich an seine Vorlesungen und an unsere Gespräche, als stocherte ich in einem Aschehaufen herum, der Asche meiner Bibliothek. Ich versuchte, die Bücher und Gedichte, die mir so gefielen – von Emily Dickinson bis Danilo Kiš, von Frost bis Tolstoi –, aus meinem Gedächtnis zu tilgen, zu vergessen, wie er sie mir nahegebracht hatte, weil ich es hätte wissen, weil ich besser hätte aufpassen müssen. Ich hatte mich, beeindruckbar und ahnungslos, der Lektüre hingegeben, ohne zu ahnen, dass mein Lieblingslehrer bei der Planung eines gigantischen Verbrechens mitgemacht hatte. Aber was geschehen ist, ist geschehen.

Heute weiß ich, dass Koljevićs' Unmenschlichkeit mein Leben weit mehr geprägt hat als seine literarische Vision. Ich löschte diesen wertvollen, jugendlichen Teil von mir, der geglaubt hatte, dass man die Geschichte ignorieren und sich mit Hilfe der Kunst vor dem Bösen verstecken könnte. Vermutlich dank Professor Koljević ist mein Schreiben erfüllt von heftiger Abscheu gegenüber bürgerlichem Geschwafel und leider auch von hilflosem Zorn, den ich nicht loswerde.

Gegen Kriegsende überwarf sich Professor Koljević mit Karadžić und wurde aus dem Machtzentrum verbannt. Er begann zu trinken, gab ausländischen Journalisten gelegentlich Interviews, in denen er sich über das Unrecht beklagte, das dem serbischen Volk im Allgemeinen und ihm persönlich im Besonderen zugefügt worden sei. 1997 pustete er sich sein shakespeareschweres Gehirn aus dem Kopf. Er musste zweimal schießen, seine langen Klavierspielerfinger hatten beim ersten Mal wohl gezittert.

Leben eines Flaneurs

Im Frühling 1997 flog ich von Chicago, meiner neuen Heimat, nach Sarajevo, meiner alten Heimat. Es war mein erster Besuch in Sarajevo seit dem Ende des Bosnien-Kriegs. Kurz vor Beginn der Belagerung war ich weggegangen. Ich hatte keine Familienangehörigen mehr in Sarajevo (meine Eltern und meine Schwester lebten inzwischen in Kanada), abgesehen von Teta Jozefina, die für mich wie eine Großmutter war. Als meine Eltern 1963 frisch von der Belgrader Universität nach Sarajevo gegangen waren, hatten sie im Stadtteil Marin Dvor bei Jozefina und ihrem Mann Martin ein Zimmer gemietet. Dort wurde ich gezeugt, und dort verbrachte ich die ersten beiden Lebensjahre. Teta Jozefina und Ćika Martin, damals Eltern von zwei halbwüchsigen Jugendlichen, behandelten mich wie ein leibliches Enkelkind – und meine Mutter findet noch heute, dass sie mich verzogen haben. Wir zogen dann in eine andere Gegend von Sarajevo, und eine Zeitlang musste man mich fast jeden Tag nach Marin Dvor bringen, weil ich die beiden besuchen wollte. Bis zu dem Tag, als der Krieg unser gemeinsames Leben zerstörte, verbrachten wir jedes Weihnachtsfest bei Teta Jozefina und Ćika Martin. Jedes Jahr dasselbe Ritual, die gleichen üppigen Speisen auf dem großen Tisch, der gleiche schwere herzegowinische Wein, dieselben Leute, die dieselben Witze und Geschichten erzählten, auch jene, wie ich als Kleinkind vor dem abendlichen Waschen nackt auf dem Flur herumrenne.

Ćika Martin starb kurz vor Ende der Belagerung an einem Herzinfarkt. Als ich Teta Jozefina 1997 besuchte, lebte sie allein. Ich wohnte bei ihr, in dem Zimmer (und möglicherweise in demselben Bett), in dem mein chaotisches Leben seinen Anfang genommen hatte. Die Wände waren von Einschüssen gezeichnet, denn das Haus befand sich direkt in der Schusslinie eines serbischen Scharfschützen auf der anderen Seite des Flusses. Teta Jozefina war eine fromme Katholikin, die sich ihren Glauben an das Gute im Menschen bewahrt hatte, obwohl einen überall das Gegenteil ansprang. Sie fand, der Scharfschütze sei im Grunde ein guter Mensch gewesen, weil er während der Belagerung über sie hinweggeschossen und ihr damit zu verstehen gegeben habe, dass er sie sehen könne, sie sich in der Wohnung also nicht so unvorsichtig bewegen solle.

In den ersten Tagen nach meiner Ankunft hörte ich mir Teta Jozefinas herzzerreißende Berichte von der Belagerung an, auch den Tod ihres Mannes schilderte sie mir detailliert (wo er gesessen, was er gesagt hatte, wie er in sich zusammengesunken war), und ansonsten streifte ich durch die Stadt. Ich versuchte, das neue Sarajevo mit dem alten in Einklang zu bringen, in dem ich früher gelebt hatte. Die Folgen der Belagerung erschlossen sich mir nicht sofort, denn es war nicht so, als hätte sich das eine einfach in etwas anderes verwandelt. Alles war anders und doch genauso wie früher. Unser altes Zimmer (und vielleicht auch das Bett) war dasselbe, die Häuser standen noch immer am selben Ort, die Brücken überquerten den Fluss an derselben Stelle, die Straßen folgten derselben undurchschaubaren, aber vertrauten Logik, die Geographie der Stadt war unverändert. Aber das Zimmer wies Spuren der Belagerung auf, die Häuser hatten Einschusslöcher oder waren halbe Ruinen. Da der Fluss die Front gewesen war, waren einige Brücken zerstört und die Umgebung praktisch dem Erdboden gleichgemacht, die Straßen von Einschlägen gezeichnet – strahlenförmig von einem kleinen Krater ausgehende Linien, die eine Künstlergruppe mit roter Farbe ausgemalt hatte und die bei den Leuten, kaum zu glauben, nun »Rosen« hießen.

Ich besuchte all die vertrauten Orte im Zentrum und ging dann durch schmale Straßen hinauf in die höhergelegenen Viertel, hinter denen sich eine grüne Welt unkartierter Minenfelder erstreckte. Ich betrat unbekannte Hauseingänge, nur um zu sehen, wie es dort roch. Neben dem vertrauten Geruch von Lederkoffern, Altpapier und feuchtem Kohlestaub stieg mir der Gestank von Elend und Urin in die Nase – während der Belagerung hatten sich die Leute in ihren Kellern vor den Granatenangriffen in Sicherheit gebracht. Ich saß in Kaffeehäusern und trank Kaffee, der anders schmeckte als vor dem Krieg – nach Zichorie. Als

Bosnier in Chicago hatte ich bereits eine Form von Heimatlosigkeit erfahren, aber dies war etwas anderes: Ich war heimatlos an einem Ort, der einmal meine Heimat gewesen war. In Sarajevo war alles schmerzhaft vertraut und zugleich gespenstisch fern.

Eines Tages schlenderte ich ziellos und unruhig die ehemalige Ulica JNA (Straße der Jugoslawischen Volksarmee) entlang, die nun Ulica Branilaca Sarajeva (Straße der Verteidiger Sarajevos) hieß. Als ich an dem Gebäude vorbeikam, das in geradezu prähistorisch anmutenden Zeiten die Arbeiteruniversität (*radnički univerzitet*) gewesen war, blieb ich aus irgendeinem Grund stehen und warf über die Schulter einen Blick in den gewölbeartigen Eingang. Das war keine bewusste Handlung, mein Kopf drehte sich wie von allein, während mein Ich noch ein, zwei Schritte weiterging. Verwirrt stand ich vor der ehemaligen Arbeiteruniversität, war den Passanten im Weg, bis mir klar wurde, warum ich mich umgedreht hatte. In der Arbeiteruniversität war ein Kino gewesen (zwei Jahre vor dem Krieg war es geschlossen worden), und jedes Mal, wenn ich damals vorbeikam, blieb ich vor den Schaukästen stehen, in denen die Filmplakate aushingen und die Vorführungszeiten vermerkt waren. Dunkel erinnerte sich mein Körper an die Bewegung des Stehenbleibens und Hinschauens. Er hatte gelernt, auf den Reiz in Gestalt eines neuen Kinoplakats zu reagieren, und konnte das Gelernte noch immer abrufen, so wie er sich, in tiefes Wasser geworfen, an die Schwimmbewegungen erinnerte. Es war eine banale Proust'sche Erinnerung: Einmal hatte ich mir im Kino der Arbeiteruniversität Sergio Leones *Es war einmal in Amerika* angesehen, und plötzlich erinnerte ich mich an den scharfen Desinfektionsgeruch, an die klebrigen Kunstledersitze und an das Rattern des sich öffnenden Vorhangs.

Am 24. Januar 1992 hatte ich Sarajevo mit Ziel Amerika verlassen. Ich konnte damals nicht wissen, dass ich die Stadt erst als Emigrant wiedersehen würde. Ich war siebenundzwanzig(-einhalb), hatte noch nie woanders gelebt und wollte auch nirgendwo anders leben. Die letzten Jahre zuvor hatte ich als Journalist in der sogenannten »Jugendpresse« (*omladinska štampa*) gearbeitet, die etwas mehr Freiheiten genoss als die in der Druckkammer des titoistischen Einparteienstaats herangezüchteten Mainstream-Medien. Zuletzt hatte ich als Kulturredakteur der Zeitung *Naši dani* gearbeitet. (Vor dem Krieg war der Kulturteil eine Domäne, die Zuflucht vor der zunehmend hasserfüllten Welt der Politik bot. Wenn ich heute das Wort Kultur höre, greife ich zu dem Zitat, das üblicherweise Hermann Göring zugeschrieben wird: »Wenn ich das Wort Kultur höre, greife ich zu meinem Revolver.«) Ich schrieb Filmbesprechungen, aber bekannter war meine Kolumne »Sarajevo Republika«. Dieser Titel war eine Anspielung auf die mediterranen Renaissance-Stadtstaaten (Dubrovnik oder Venedig) und auf »Kosovo Republika«, jene Parole der Irredentisten, die für das Kosovo den Status einer gleichberechtigten Republik innerhalb der jugoslawischen Föderation forderten. Mit anderen Worten, ich war ein militanter Sarajevoer. Ich unterstrich in meiner Kolumne die Einzigartigkeit Sarajevos, seine geistige Unabhängigkeit, reproduzierte seine Mythologie in einer Sprache voll abstruser Slangausdrücke. Meine erste Kolumne beschäftigte sich mit einer *aščinica* – einem traditionellen bosnischen Lokal, in dem die Speisen gekocht und nicht auf dem Grill zubereitet wurden. Dieses Lokal war seit rund hundertfünfzig Jahren im Besitz der Hadžibajrićs, einer ortsansässigen Familie. Der Legende zufolge soll während der Dreharbeiten zum Film *The Battle of Sutjeska* (einem Partisanenspektakel mit Richard Burton als Tito) ein Hubschrauber der Jugoslawischen Volksarmee häufig an den Drehort in den ostbosnischen Bergen geflogen sein, um Elizabeth Taylor mit den speziellen *buredžicis* (gefüllte Blätterteigtaschen) der Hadžibajrićs zu versorgen. Bis heute sind viele von uns stolz darauf, dass Sarajevo zu den Rundungen von Purple Eyes beigetragen hat.

In den nächsten Kolumnen ging es um den barocken Sarajevoer Slang, um die vielen aufwendigen Strategien zur Reproduktion der urbanen Mythologie, die ich täglich in ungezählten *kafanas* praktizierte, um die Glücksspielhallen, Treffpunkte von Losern, Schnorrern und jungen Leuten, die sich einen Anstrich von Coolness geben wollten. In einer Kolumne beschäftigte ich mich mit der Vase-Miskina-Straße (seit dem Fall des Sozialismus in Ferhadija umbenannt), die vom Stadtzentrum in die Altstadt führt. Ich bezeichnete sie als die Hauptschlagader der Stadt, weil viele Sarajevoer mindestens zweimal täglich dort entlanggingen und den urbanen Blutkreislauf aufrechterhielten. Wenn man lange genug in einem der *kafanas* an der Vase Miskina saß, kam letztlich die ganze Stadt an einem vorbeispaziert. Anfang der neunziger Jahre boten dort fliegende Händler den billigen Ramsch des heruntergewirtschafteten Arbeiterstaats feil – Nähmaschinennadeln, Schraubenzieher und Russisch-Wörterbücher. Heutzutage ist es importierter Plunder aus Billiglohnländern – raubgepresste DVDs, chinesisches Plastikspielzeug, Wunderarzneien und geheimnisvolle Potenzmittel.

Ich wanderte durch die Stadt auf der Suche nach Ideen und Anregungen. Ich weiß nicht, ob ich das Wort damals verwendet hätte, aber heute sehe ich mich als Baudelair'scher Flaneur, der ziellos herumstreifte und auf diese Weise mit der Stadt kommunizierte. Sarajevo war und ist eine kleine Stadt, erfüllt von Geschichte und Geschichten und von Leuten, die ich kannte und gernhatte und die ich von meinem Beobachtungsposten im *kafana* oder unterwegs in den Straßen sehen konnte. Während ich das Mündungsdelta der Vase Miskina betrachtete oder die dunklen steilen Gassen, standen mir schon ganze Artikel vor Augen. Oft packte mich die schiere Lust. Die Stadt bot sich mir dar, ihr Anblick stimulierte Körper und Geist. Dass mein Kaffeekonsum infarktförderliche Ausmaße annahm, gehörte dazu – was für Baudelaire Wein und Opium, waren für mich Kaffee und Zigaretten.

Ich betrat, genau wie dann 1997, Häuser, nur um festzustellen, wie es in den Fluren roch, und studierte die ausgetretenen Steinstufen. Ich ging an spielfreien Tagen in das leere Željo-Stadion, hörte den Rentnern zu, die, seit Ewigkeiten im Besitz einer Jahreskarte, ihre nostalgischen Runden drehten und über herzzerreißende Niederlagen und die erstaunlichsten Siege diskutierten. Ich kehrte an vertraute Orte zurück, um sie anders zu erleben und Einzelheiten wahrzunehmen, die mir eben wegen dieser großen Vertrautheit bislang verborgen geblieben waren. Ich sammelte Eindrücke, Gesichter, Gerüche, Szenen, nahm die Stadt und ihr Erscheinungsbild ganz in mich auf. Allmählich erkannte ich, dass mein Inneres und das Äußere unauflöslich miteinander verbunden waren. Ich war physisch und metaphysisch verortet. Wenn Freunde mich irgendwo bemerkten, wie ich die für die k. u. k. Architektur typischen hohen Friese betrachtete oder auf einer Parkbank saß, den Hunden zusah und den Liebespaaren – mich also auf eine Weise verhielt, die besorgniserregend erscheinen mochte –, gingen sie davon aus, dass ich für eine Kolumne recherchierte. Meist stimmte das auch.

Trotz meiner grandiosen Pläne waren es am Ende nur sechs, sieben »Sarajevo Republika«-Kolumnen, bis *Naši dani* wegen finanzieller Probleme eingestellt wurde – was wegen der gleichzeitigen Auflösung Jugoslawiens nicht weiter auffiel. Im Sommer 1991 wurde aus Scharmützeln im benachbarten Kroatien ein richtiger Krieg, und man redete davon, dass die Armee insgeheim Soldaten und Waffen in mehrheitlich serbisch bewohnte Teile Bosniens verlegte. Der Sarajevoer Tageszeitung *Oslobodjenje* wurde ein Dokument über die Verlegung von Truppen nach Bosnien-Herzegowina zugespielt, das eindeutig auf einen unmittelbar bevorstehenden Krieg verwies, auch wenn die Militärführung solche Pläne vehement bestritt.

Ihre Sprecher waren nicht die Einzigen, die die unübersehbare Wahrscheinlichkeit eines Krieges leugneten – auch die Einwohner von Sarajevo ignorierten das Offensichtliche, wenngleich aus anderen Gründen. Im Sommer 1991 waren Partys, Sex und Drogen an der Tagesordnung, das Lachen hysterisch, die Straßen Tag und Nacht belebt. Im verführerischen Schein der unausweichlichen Katastrophe erschien die Stadt schöner denn je. Im September war die aufwendige Praxis des Nicht-wahrhaben-Wollens kaum mehr möglich. Noch immer streifte ich regelmäßig durch die Stadt, aber beunruhigend oft überlegte ich, welche Gebäude wohl geeignete Positionen für Scharfschützen abgeben würden. Dass ich mir schon ausmalte, wie ich vor den Schüssen in Deckung ging, deutete ich als paranoides Stresssymptom, hervorgerufen durch die allgemeine Kriegstreiberei. Heute weiß ich, dass ich mir *Zwischenfälle* vorstellte, da ich mir *Krieg* in all seiner Wucht nicht vorstellen konnte, so wie ein junger Mensch sich Krankheitssymptome vorstellen kann, nicht aber den Tod. Das Leben ist einfach viel zu intensiv und gegenwärtig.

Heutzutage ist der Tod in Sarajevo mühelos vorstellbar und gegenwärtig, aber damals lebte die Stadt – schön und unsterblich, eine unzerstörbare Republik von urbanem Geist – in mir und außerhalb von mir. Ihre Wahrnehmbarkeit, ihre Konkretheit widersetzte sich den Abstraktionen des Krieges. Seither habe ich gelernt, dass Krieg das Allerkonkreteste ist, eine irrsinnige Realität, die alles überlagert und das Innen und Außen dem Erdboden gleichmacht.

Im Frühsommer 1991 ging ich eines Tages zum American Cultural Center in Sarajevo, wo geklärt werden sollte, ob ich für das Kulturaustauschprogramm in Frage käme, das von der damaligen US Information Agency betrieben wurde – einer Spionageabteilung, wie ich hoffte, deren Mitarbeiter sich als Kulturfreunde tarnten. Für einen Amerika-Aufenthalt überhaupt in Betracht gezogen zu werden war natürlich schmeichelhaft, weil man schon taubstumm und blind und komatös sein musste, um im damaligen Sarajevo nichts von amerikanischer Kultur mitzubekommen. Als ich 1983 Abitur machte, war *Apocalypse Now* mein Lieblingsfilm. Ich verehrte Patti Smith, die Talking Heads und das Fernsehen, und der New Yorker Punk-Club CBGB war für mich, was Jerusalem für einen frommen Gläubigen war. Ich imitierte Holden Caulfields Ausdrucksweise (in der serbokroatischen Fassung) und brachte meinen ahnungslosen Vater dazu, mir zum Geburtstag ein Buch von Bukowski zu schenken. Als ich 1990 mein Studium beendete, konnte ich mit meiner Schwester Dialoge (in miserablem Englisch) aus *His Girl Friday* aufsagen. Ich ärgerte mich, wenn jemand nicht verstand, was für ein Genie Brian De Palma war. Ich konnte die zornigen Texte von Public Enemy zitieren und hörte pausenlos Sonic Youth und die Swans. Ich las andächtig Anthologien mit amerikanischen Kurzgeschichten, in denen Barth und Barthelme eine herausragende Rolle spielten. Barths berühmten Essay hatte ich zwar nicht gelesen, aber das mit der Literatur der Erschöpfung fand ich sehr cool. Ich schrieb einen Aufsatz über Bret Easton Ellis und den Kapitalismus.

Ich sprach mit dem Leiter des Kulturzentrums, wir plauderten über dies und jenes (hauptsächlich jenes), und dann ging ich wieder nach Hause. Ich glaubte nicht, dass aus meiner Amerikareise je etwas würde, und hatte auch nicht den Eindruck, ernsthaft geprüft worden zu sein. Doch sosehr ich mich für die amerikanische Kultur auch begeisterte, im Grunde war es mir nicht so wichtig. Selbst wenn ich mich gern eine Weile in Amerika herumgetrieben hätte, eigentlich wollte ich gar nicht weg aus Sarajevo. Ich liebte meine Stadt, ich wollte meinen Kindern und Enkelkindern von Sarajevo erzählen, wollte dort alt werden und sterben. Ungefähr in dieser Zeit hatte ich ein Verhältnis mit einer jungen Frau, die unbedingt ins Ausland wollte, weil sie fand, dass sie nicht nach Sarajevo gehörte. »Entscheidend ist nicht, wohin du gehörst, sondern was dir gehört«, erklärte ich ihr, wahrscheinlich ein Spruch, den ich in irgendeinem Film aufgeschnappt hatte. Ich war siebenundzwanzig(-einhalb), und Sarajevo gehörte mir.

Ich hatte die sommerliche Plauderei schon längst vergessen, als mir das Kulturzentrum Anfang Dezember mitteilte, dass man mich für einen einmonatigen Amerika-Aufenthalt ausgewählt habe. Ermüdet von der zunehmenden Kriegshetzerei, nahm ich die Einladung an. Der Abstand werde mir guttun, sagte ich mir. Ich wollte durch die USA reisen und abschließend in Chicago einen alten Freund besuchen. Am 14. März 1992 landete ich in Chicago. Ich erinnere mich an einen klaren, sonnigen Tag. Während der Fahrt vom Flughafen in die Stadt sah ich zum ersten Mal die Skyline von Chicago, eine riesengroße, weite, geometrische Stadt, die sich eher dunkel als smaragdgrün vor dem blauen Firmament abzeichnete.

Inzwischen standen Einheiten der Jugoslawischen Volksarmee in ganz Bosnien, gemäß dem Plan, den die Armee zuvor bestritten hatte. Überall wüteten serbische paramilitärische Gruppen. In Sarajevo wurden Barrikaden errichtet, es kam zu Schießereien. Anfang April wurde eine friedliche Kundgebung vor dem Parlament von Karadžić' Scharfschützen beschossen. Auf der Vrbanja-Brücke wurden zwei Frauen getötet, nur hundert Meter von Teta Jozefinas Wohnung entfernt, möglicherweise von demselben braven Scharfschützen, der später die Wände des Zimmers durchsiebte, in dem ich gezeugt worden war. Am Stadtrand, in den Bergen, tobte bereits der Krieg, aber im Zentrum glaubten die Leute noch an ein baldiges Ende der Kämpfe. Wenn ich besorgt aus Chicago anrief, sagte meine Mutter nur: »Es wird schon weniger geschossen als gestern« – als wäre der Krieg ein Frühlingsregen.

Mein Vater riet mir jedoch, in Chicago zu bleiben, in Sarajevo stünden die Dinge nicht zum Besten. Am 2. Mai sollte ich heimfliegen, doch angesichts der sich verschlimmernden Situation war ich hin- und hergerissen zwischen Schuldgefühlen und Sorgen um meine Eltern und Freunde und einer unvorstellbaren Zukunft in Amerika. Ich rang mit meinem Gewissen. Als Autor einer Kolumne mit dem Titel »Sarajevo Republika« hatte man eigentlich die Pflicht, heimzukehren und die Stadt und ihren Geist zu verteidigen.

Währenddessen lief ich unablässig durch Chicago, als könnte ich meine Sorgen auf diese Weise loswerden. Ich suchte mir einen Film aus, den ich sehen wollte – um mich abzulenken, aber auch aus der professionellen Gewohnheit des alten Filmkritikers –, und lokalisierte dann mit Hilfe meines Freundes ein Kino, das den Film zeigte. Von Ukrainian Village, dem Viertel, wo ich untergekommen war, fuhr ich ein paar Stunden vor Vorstellungsbeginn los, kaufte ein Ticket und erkundete dann in konzentrischen Kreisen die Umgebung des Kinos. Mein erster Ausflug führte mich ins Esquire (das heute nicht mehr als Kino fungiert) in der Oak Street an der wohlhabenden Goldküste – das Esquire war mein Plymouth Rock. Gezeigt wurde Michael Apteds »Thunderheart«. Val Kilmer spielte darin einen indianischstämmigen FBI-Agenten, der eine Spur bis in ein Reservat verfolgt und sich daher gezwungen sieht, sich mit seiner eigenen Geschichte auseinanderzusetzen. Ich erinnere mich, dass der Film so schlecht war, wie er sich heute anhört, kann mich aber nicht mehr groß an Einzelheiten erinnern. Auch an meinen ersten Streifzug durch die Goldküste kann ich mich nicht mehr deutlich erinnern, weil dieses Viertel mit all den anderen verschwimmt, so wie der erste Schultag in der Gesamtheit der schulischen Erlebnisse aufgeht.

Ich fuhr zu allen möglichen Kinos in Chicago und machte mich mit der Umgebung vertraut. Ich sah öfter schlechte Filme in sogenannten schlechten Vierteln, wo mir nie etwas Schlimmes passiert ist. Als Fußgänger hatte ich immer viel Platz, denn in diesen Vierteln waren nur wenige Leute auf der Straße. Wenn ich kein Geld für einen Kinobesuch hatte – meine Haupteinnahmequelle war das Kartenspiel Préférence, das ich meinen Freunden beigebracht hatte –, erkundete ich die kinolosen Gegenden Wicker Park, Bucktown oder Humboldt Park (wo Saul Bellow aufgewachsen war), die in der Nähe von Ukrainian Village lagen und, wie ich hörte, ein gefährliches Pflaster waren.

Ich konnte nicht aufhören. Unentwegt streifte ich durch die Stadt, mit schmerzender Achillessehne, gequält von Sorgen und Heimweh, bis ich schließlich die Entscheidung traf: Ich würde nicht zurückkehren. Am 1. Mai flog ich nicht nach Hause. Am 2. Mai wurden in Sarajevo die Ausfallstraßen abgesperrt, der letzte Zug verließ (mit meinen Eltern) die Stadt, und es begann die längste Belagerung in der modernen Geschichte. Ich bat in Chicago um politisches Asyl. Der Rest ist der Rest meines Lebens.

Auf meinen Streifzügen machte ich mich mit der Stadt vertraut, doch sie blieb mir fremd. Mein Bedürfnis, sie körperlich zu erfahren, in ihr heimisch zu werden, blieb unerfüllt. Mir ging es schlecht, weil mir nicht klar war, wie ich in Chicago ich sein konnte. Chicago war ganz anders organisiert als Sarajevo. (Jahre später stieß ich auf ein Bellow-Zitat, das meine damalige Befindlichkeit sehr gut zum Ausdruck brachte: »Chicago war nirgendwo. Es hatte keinen Rahmen. Es war einfach in den amerikanischen Raum hineingestellt worden.«) Die Stadtlandschaft von Sarajevo war bevölkert von bekannten Gesichtern, erfüllt von gemeinsamen Erfahrungen; das Chicago, das ich verstehen wollte, war dunkel und anonym.

In Sarajevo hatte man seine eigene Infrastruktur – das *kafana,* den Friseur, die Metzgerei, die Straßen, auf denen man begrüßt wurde, den Ort, der einen prägte, die persönlichen Wegmarken (die Stelle, wo man beim Fußballspielen hingefallen war und sich den Arm gebrochen hatte, die Ecke, wo man mit der allerersten Freundin verabredet gewesen war, die Bank, auf der man sie zum ersten Mal geküsst hatte). Weil Anonymität so gut wie unmöglich und Privatheit buchstäblich fremd war (im Bosnischen gibt es kein Wort für »Privatsphäre«), war man überall bekannt.

Zwischen Innenwelt und Außenwelt gab es praktisch keine Grenzen. Wenn jemand aus irgendwelchen Gründen verschwand, hätten ihn die anderen aus dem kollektiven Gedächtnis und den im Laufe der Jahre akkumulierten Klatschgeschichten rekonstruieren können. Das Bewusstsein der eigenen Identität bestimmte sich durch die Position in diesem Beziehungsgeflecht, dessen physische Entsprechung die Architektur der Stadt war. Chicago war nicht gebaut, damit Menschen dort zusammenkommen, sondern damit sie in Sicherheit voreinander leben konnten. Größe, Macht und das Streben nach Privatheit schienen die bestimmenden Architekturelemente zu sein. Chicago ignorierte den Unterschied zwischen Freiheit und Vereinzelung, Unabhängigkeit und Egoismus, Privatheit und Einsamkeit. In dieser Stadt gab es kein Beziehungsgeflecht, in dem ich mich verorten konnte. Mein Sarajevo, die Stadt, die ich noch immer in mir hatte, wurde belagert und zerstört. Meine Entwurzelung war ebenso metaphysisch wie physisch. Aber ich konnte nicht nirgends leben. Ich wollte auch von Chicago bekommen, was Sarajevo mir gegeben hatte – eine Geographie der Seele.

Weitere Stadtwanderungen waren nötig, vor allem aber ein halbwegs vernünftig bezahlter Job. Meine Erfahrung verriet mir nicht, wie man in Amerika an einen Job kam. Weder das Œuvre De Palmas noch die Literatur der Erschöpfung enthielten irgendwelche Hinweise. Nach ein paar illegalen, miserabel bezahlten Jobs, bei denen ich teilweise gezwungen war, die Sozialversicherungsnummer eines anderen anzugeben (kannst mich mal, Arizona!), erhielt ich meine Arbeitserlaubnis und konnte nun den überfüllten Mindestlohnsektor betreten. Für Restaurantmanager und Zeitarbeitfirmen, die Aushilfen und Barmänner suchten, entwarf ich ein großes und partiell erfundenes Universum meines bisherigen Lebens, in dessen Mittelpunkt eine allgemeine Vertrautheit mit Amerika stand. Niemand interessierte sich dafür. Es dauerte ein paar Wochen, um zu lernen, dass a) weitschweifige Ausführungen über den amerikanischen Film nicht einmal einen Aushilfsjob einbrachten und dass b) die Versicherung »Wir melden uns bei Ihnen« nur dahergesagt ist.

Mein erster legaler Job bestand darin, für Greenpeace Klinken zu putzen, eine Organisation, in der Außenseiter naturgemäß willkommen sind. Als ich mich vorstellte, wusste ich nicht einmal, worin der Job bestand, was *canvassing* konkret bedeutete. Natürlich hatte ich Angst davor, die Leute an der Haustür anzusprechen, mit meinen ungenügenden Sprachkenntnissen, dem Englisch, in dem keine Artikel vorkamen, und mit meinem starken Akzent, aber mir gefiel die Vorstellung, wie ein Vertreter von Haus zu Haus zu gehen. Und so war ich im Frühsommer 1992 als Werber in den langweiligen, gesichtslosen westlichen Vororten (Schaumburg, Naperville) unterwegs, in den wohlhabenden Vierteln im Norden (Wilmette, Winnetka, Lake Forest) mit ihren Villen und den vielen Autos in palastartigen Garagen, in den südlichen Arbeitervierteln (Blue Island, Park

Forest), wo die Leute mich hereinbaten und mir alte Cremetörtchen anboten. Bald konnte ich anhand des Rasens, der Zeitung im Briefkasten und der Automarke (Volvo bedeutete Demokraten) auf das Einkommen und die politische Einstellung der Bewohner schließen. Geduldig ertrug ich die Fragen nach Bosnien und Jugoslawien und überlegte nicht mehr, was das mit der untergegangenen Tschechoslowakei zu tun hatte. Gutmütig ließ ich Vorträge über die Spiritualität von *Star Trek* über mich ergehen und bestätigte, dass ich in Sarajevo die Segnungen von Pizza und Fernsehen kennengelernt hatte. Mit einem Lächeln quittierte ich die Erklärung eines jungen Mannes, er sei absolut blank, weil er sich gerade einen Porsche gekauft habe. Ich trank Limonade im Haus eines liebenswürdigen katholischen Priesters und seines jungen hübschen Freunds, der sich langweilte und beschwipst war. Ich flüchtete zu einem Paar, das einen wunderbaren Alphonse-Muha-Druck an der Wand hatte, nachdem der Nachbar mir sein Gewehr gezeigt hatte, das zu gebrauchen er wild entschlossen war. Ich diskutierte über die Helmpflicht mit ältlichen, wohlgenährten Motorradfahrern, darunter Veteranen, die in Vietnam für die Freiheit gekämpft hatten, sich auf amerikanischen Straßen die Birne zu Brei fahren zu lassen. Ich sah, wie meine schwarzen Kollegen wiederholt von Polizisten angehalten wurden, die ihr komisches Suburbia schützten.

Am liebsten waren mir, kein Wunder, die innerstädtischen Viertel Pullman, Beverly, Lakeview sowie die Parks –

Hyde, Lincoln, Rogers. Allmählich wurde mir die Geographie von Chicagoland vertraut, in meinem Kopf entstand ein Stadtplan, Haus für Haus, Tür für Tür. Manchmal setzte ich mich vor der Arbeit in einen Diner, versuchte, mich mit dem nach verbranntem Getreide schmeckenden amerikanischen Kaffee anzufreunden, und beobachtete die Passanten, die Dealer an der Ecke, die freundlichen Ladys. Hin und wieder ließ ich die Arbeit überhaupt sein und streifte einfach durch das mir zugewiesene Viertel. Ich war ein fremder flanierender Niedriglohnjobber.

Gleichzeitig verfolgte ich aufmerksam die Fernsehbilder aus dem belagerten Sarajevo, versuchte, Gesichter und Orte zu erkennen, das Ausmaß der Zerstörung einzuschätzen. Ende Mai sah ich Bilder von einem Massaker auf der Vase Miskina, wo eine serbische Granate eine Menschenmenge traf und zahllose Tote forderte. Ich versuchte, auf dem Bildschirm die Leute zu erkennen, die in einer Blutlache lagen, mit zerfetzten Gliedmaßen, die Gesichter schreckensverzerrt, aber es gelang mir nicht. Ich hatte Mühe, überhaupt die Gegend wiederzuerkennen. Auf der Straße, die mir gehört und die ich frivolerweise als Hauptschlagader der Stadt bezeichnet hatte, floss nun das Blut derjenigen, die ich zurückgelassen hatte. Ich konnte nur die Dreißig-Sekunden-Clips auf *Headline News* immer wieder anschauen.

Selbst in der Ferne wurde mir klar, wie sehr sich meine Heimatstadt verändert hatte. Die Straße, die mein Viertel

(Socijalno) mit dem Zentrum verband, hieß nun Sniper Alley. Das Željo-Stadion, wo ich die Gespräche der Rentner mitangehört hatte, war nun in serbischer Hand, die Tribünen abgebrannt. Die kleine Bäckerei in Kovaći, in der es das beste *somun* (Fladenbrot) von ganz Sarajevo und daher von der ganzen Welt gab, war ebenfalls niedergebrannt. Das Museum der Winterolympiade 1984, das in einem schönen alten k. u. k.-Gebäude von keinerlei strategischem Wert untergebracht war, wurde mit Granaten beschossen (und liegt noch heute in Trümmern). Die Nationalbibliothek brannte ab (und ist noch heute eine Ruine).

Im Dezember 1994 arbeitete ich vorübergehend im International Human Rights Law Institute der DePaul University, wo Zeugenaussagen zu Kriegsverbrechen in Bosnien gesammelt wurden. Ich arbeitete zu dem Zeitpunkt schon nicht mehr für Greenpeace, sondern studierte an der Northwestern University. Und da ich dringend einen Job brauchte, meldete ich mich in dem Institut. Mein potentieller Arbeitgeber konnte nicht wissen, wer ich war oder was ich früher gemacht hatte – ich hätte genauso gut ein Spion sein können –, weshalb man mir simple Aufgaben zuwies. Zunächst arbeitete ich in der Abteilung, wo Aussagen oder Hinweise über Konzentrationslager in einer Datenbank gesammelt wurden. Aber schließlich bekam ich einen Stapel Fotografien von noch unidentifizierten zerstörten und zerschossenen Häusern in Sarajevo, die ich lokalisieren sollte. Viele Gebäude hatten kein Dach mehr, waren übersät mit

Einschusslöchern oder ausgebrannt, die Fenster zerschossen. Auf den Fotos waren kaum Menschen zu sehen, aber mir kam es trotzdem vor, als identifizierte ich Leichen. Gelegentlich erkannte ich die Straße oder auch den genauen Standort, manchmal waren mir die Häuser so vertraut, dass sie geradezu irreal aussahen. Beispielsweise das Haus an der Danijela Ozme, Ecke Kralja Tomislava. Gegenüber hatte ich oft auf Renata gewartet, meine erste Schulfreundin, die aus Džidžikovac kommen würde. Im Erdgeschoss war damals ein Laden, wo ich Süßigkeiten oder Zigaretten kaufte, wenn sie sich verspätete, was regelmäßig passierte. Ich kannte dieses Gebäude seit Jahren. Es hatte immer da gestanden, solide, unverwüstlich. Nie hatte ich einen Gedanken an das Haus verschwendet, bis ich in Chicago diese Fotografie sah. Es war völlig ausgehöhlt, getroffen von einer Granate, die im Dach eingeschlagen war. Der Supermarkt existierte nur noch im übervollen Depot meiner Erinnerung.

Manche Häuser erkannte ich, ohne sie genau lokalisieren zu können. Und daneben gab es solche, die mir völlig unbekannt waren – ich konnte nicht einmal sagen, in welcher Gegend sie vielleicht standen. Seitdem habe ich gelernt, dass man nicht jeden Teil einer Stadt kennen muss, damit sie einem gehört, aber die Vorstellung, dass es Teile von Sarajevo gab, die ich nicht kannte und vermutlich nie kennen würde, da die Stadt im Granatenhagel mittlerweile zusammenfiel wie eine Bühnenkulisse, hatte etwas Erschreckendes. Wenn mein Verstand und meine Stadt dasselbe waren, dann war ich im Begriff, den Verstand zu verlieren. Chicago zu meinem persönlichen Raum zu machen wurde nicht nur in einem metaphysischen Sinn, sondern auch psychisch dringend erforderlich.

Im Frühling 1993, nach etwa einem Jahr in Ukrainian Village, zog ich nach Edgewater, einem nördlichen Viertel am Lake Michigan. Ich mietete ein winziges Studio in einem Haus namens »Artists in Residence« (AIR), in dem diverse einsame und nicht sonderlich erfolgreiche Künstler wohnten. In der Anonymität der Großstadt war das AIR so etwas wie eine lockere Gemeinschaft. Es verfügte über einen Probenraum für Musiker, Tänzer und Schauspieler, und für diejenigen, die sich als Schriftsteller einen Namen machen wollten, gab es einen Gemeinschaftscomputer. Der Hausverwalter hieß sinnigerweise Art.

Edgewater war der Ort, den man damals aufsuchte, wenn man sich mit billigem (und schlechtem) Heroin versorgen wollte. Man hatte mich vor der Gegend gewarnt, aber was ich dort sah, waren Formen von Verzweiflung, die sich von der meinen nicht groß unterschied. Eines Tages sah ich auf der Winthrop Avenue eine Frau auf einem Fenstersims, die sich überlegte, ob sie hinunterspringen sollte, während ein paar Typen ihr von unten »Spring!« zuriefen. Das war natürlich die reinste Niedertracht, aber ihr Vorschlag schien mir damals eine vernünftige Lösung für das Problem zu sein, das wir Leben nennen.

Ich arbeitete noch immer bei Greenpeace, klapperte jeden Tag ein anderes Viertel ab, war mit vielen schon allzu vertraut. Allabendlich kehrte ich in das Studio in Edgewater zurück, das ich als mein Zuhause bezeichnen konnte und wo ich mit der Zeit tröstende Rituale entwickelte. Vor dem Schlafengehen hörte ich den irren Monolog eines zugedröhnten Typen an der Ecke, gelegentlich überdeckt vom Geräusch der Züge, die auf den Hochbahngleisen vorbeidonnerten. Morgens, mit einem Kaffee am Fenster, beobachtete ich die Leute auf dem Bahnhof Granville, erkannte vertraute Gesichter. Manchmal frühstückte ich bei Shoney's am Broadway (existiert schon lange nicht mehr), wo es für 2,99 Dollar eine All-You-Can-Eat-Offerte gab für Leute wie mich und die geifernden Bewohner eines Pflegeheims in Winthrop, die, Hand in Hand wie eine Schulklasse, en masse dort erschienen. Bei Gino's North, wo es nur eine Sorte Bier vom Fass gab und so mancher Künstler sich volllaufen ließ, sah ich den siegreichen Bulls zu und schlug nur die wenigen ab, die noch imstande waren, die Ellbogen vom Tresen zu heben. In einem Coffeeshop in Rogers Park, gleich neben einem Kino, spielte ich am Wochenende Schach, oft mit einem alten Assyrer namens Peter, der, wenn er mich in eine haltlose Lage gebracht hatte und ich kapitulieren wollte, immer denselben Witz machte: »Kann ich das schriftlich haben?« Aber von mir bekam er nichts Schriftliches. In meiner abgrundtiefen Heimatlosigkeit konnte ich weder Bosnisch noch Englisch schreiben.

Allmählich erkannten mich die Leute in Edgewater, wir grüßten uns auf der Straße. Mit der Zeit hatte ich meinen Friseur und meinen Metzger und mein Kino und meinen Coffeeshop mit einer bunten Truppe von Stammkunden – die, wie ich in Sarajevo gelernt hatte, die notwendigen Knoten in jedem urbanen Beziehungsnetz sind. Ich erkannte, dass der Prozess, eine amerikanische Stadt in einen Raum zu verwandeln, den man sein Eigen nennen konnte, von einem bestimmten Viertel ausgehen musste. Für mich war das Edgewater, in dem ich bald heimisch wurde. Nun verstand ich auch, was Nelson Algren meinte, als er schrieb, Chicago zu lieben sei, als liebe man eine Frau mit einer gebrochenen Nase – ich verliebte mich in die gebrochenen Nasen von Edgewater. Auf dem vorsintflutlichen Gemeinschaftscomputer des AIR schrieb ich meine ersten englischen Texte.

Von daher war es sehr bezeichnend, dass im Frühjahr 1994 ganze Schiffsladungen bosnischer Kriegsflüchtlinge ausgerechnet in Edgewater landeten. Geradezu schockartig war das Wiedererkennen, als ich eines Tages aus dem Fenster schaute und unten auf der Straße – wo normalerweise kaum jemand zu Fuß unterwegs war, allenfalls Junkies – eine Familie in unverkennbar bosnischer Formation sah: angeführt vom ältesten Mann, die Hände auf dem Rücken verschränkt, alle gebeugt, als hätten sie eine schwere Last zu tragen. Bald wimmelte es im Viertel von Bosniern, die abends, gänzlich gegen die lokalen Gepflogenheiten, spazierengingen und denen die Verunsicherung des Flüchtlings deutlich anzumerken war. In großen Gruppen saßen sie wortlos in einem türkischen Café, das sie auf diese Weise in ein richtiges *kafana* verwandelten, und tranken schweigend Kaffee, eingehüllt in dunkle Wolken von Kriegstraumata und Tabakschwaden, während die Kinder draußen auf der Straße spielten, unbeeindruckt von den Dealern, die an der Ecke ihren Geschäften nachgingen. Ich konnte sie nun, von meinem Fenster, aus dem *kafana,* auf der Straße beobachten. Mir schien, als wären sie gekommen, um nach mir zu suchen.

Im Februar 1997, ein paar Monate vor meiner ersten Wiederbegegnung mit Sarajevo, kam Veba auf Besuch nach Chicago. Wir hatten uns seit meinem Weggang nicht mehr gesehen. In den ersten Tagen hörte ich mir seine Geschichte an, die Berichte vom Leben unter der Belagerung, die Berichte über die schrecklichen Veränderungen, die der Krieg gebracht hatte. Ich wohnte noch immer im AIR. Trotz der Kälte wollte Veba sehen, wo ich lebte. Wir streiften durch Edgewater, setzten uns ins Shoney's, gingen in das Schachcafé, in das *kafana* am zugefrorenen See. Bei meinem Friseur ließ er sich die Haare schneiden, bei meinem Metzger kauften wir Fleisch. Ich erzählte ihm von Edgewater, von der jungen Frau auf dem Sims, von der Familie, die in bosnischer Formation spazierenging, von Peter, dem Assyrer.

Und dann fuhr ich mit Veba nach Ukrainian Village, zeigte ihm, wo ich in der Anfangszeit gewohnt hatte. Ich ging mit ihm zu Burger King, wo ich mir eine amerikanische Figur zugelegt und den alten Emigranten zugehört hatte, die bei dünnem Kaffee über ukrainische Politik diskutierten – für mich waren sie die Ritter vom Burger King. Wir liefen durch die Goldküste, bemerkten in einer Wohnung einen Matisse, den man von der Straße aus sehen konnte, und schauten uns im Esquire einen Film an. Wir besuchten den Water Tower, und ich erzählte von dem großen Chicagoer Feuer. Wir gingen ins Green Mill, wo Al Capone Martinis getrunken hatte und jede Jazzgröße, von Louis Armstrong bis Charlie Mingus, aufgetreten war. Ich zeigte ihm, wo das Valentine's Day Massacre stattgefunden hatte. Die Garage existierte längst nicht mehr, aber angeblich bellten Hunde dort noch immer, weil sie Blut riechen konnten.

Und während ich mit Veba durch die Stadt streifte und von meinem Leben in Edgewater erzählte, wurde mir bewusst, dass meine Emigranteninnenwelt sich allmählich mit der amerikanischen Außenwelt verbunden hatte. Weite Teile von Chicago hatten sich in mir niedergelassen. Jetzt gehörten sie mir. Ich sah Chicago mit den Augen des Sarajevoers, beide Städte bildeten eine komplizierte innere Landschaft, in der Geschichten entstehen konnten. Als ich im Frühjahr 1997 von meinem ersten Sarajevo-Besuch nach Chicago zurückkehrte, gehörte die Stadt mir. Von meinem Zuhause kehrte ich zurück nach Hause.

Warum ich nicht aus Chicago weggehen will – eine unvollständige Liste von Gründen

1. Im Sommer bei Sonnenuntergang in Richtung Westen fahren, von der Sonne geblendet, so dass man die entgegenkommenden Autos nicht sieht. Die hässlichen Lagerhallen und Karosseriewerkstätten sind in flammendes Orange getaucht. Wenn die Sonne untergeht, erscheint alles noch intensiver. Die Backsteinfassaden nehmen einen bläulichen Ton an, am Horizont zeichnen sich anthrazitgraue Streifen ab, der Himmel und die Stadt sind unendlich weit. Wohin man auch schaut, überall ist Westen.

2. Die Art und Weise, wie sich die Leute im Winter auf dem U-Bahnhof Granville unter den Laternen drängen wie Küken unter einer Wärmelampe. Es ist ein Bild menschlicher Solidarität im Angesicht der harten Natur, Zeugnis der Geschichte Chicagos und der Zivilisation.

3. Die amerikanische Weite von Wilson Street Beach, Möwen und Drachen segeln am Himmel, Hunde jagen bellend der Brandung hinterher, Großstadtkids sind mit selbstgemachten Drogen zugange, blind für die Schiffe am Horizont auf ihrem mysteriösen Weg von Liverpool nach Gary, Indiana.

4. Anfang September, wenn die Sonnenstrahlen plötzlich

anders einfallen und alles besser aussieht, weicher, nicht mehr so scharf. Die quälende Sommerhitze ist nun vorbei, die brutale Winterkälte noch fern, und die Menschen genießen die zeitweilige Sanftheit und Freundlichkeit ihrer Stadt.

5. Der Basketballplatz am Foster Street Beach, wo ich einmal zugesehen habe, wie ein unglaublich athletischer Typ die ganze Zeit – dribbelnd, werfend, diskutierend oder beim Dunking – einen Zahnstocher im Mund hatte, den er nur herausnahm, um auszuspucken. Jahrelang war er für mich der Inbegriff Chicagoer Coolness.

6. Die sich auftürmenden Eismassen am Seeufer, wenn der Winter besonders kalt und der See zugefroren ist, so dass das Eis auf das Land übergreift. An einem bitterkalten Tag stand ich dort und begriff, dass vor Jahrmillionen auf genau diese Weise die Gebirgszüge entstanden sind, tektonische Platten, die sich ineinanderschieben. Diese urtümlichen Gebilde kann jeder Autofahrer sehen, der sich auf dem Lake Shore Drive vorankämpft, aber die meisten schauen nur nach vorn. Es interessiert sie nicht.

7. Abends von einem Hochhaus in Edgewater oder Rogers Park nach Westen zu schauen: schimmernde Flugzeuge über O'Hare. Meine Mutter und ich saßen einmal einen ganzen Abend im Dunkeln, hörten Frank Sinatra und sahen den Flugzeugen zu, die verblüfften Glühwürmchen glichen, und staunten über das immer neue Wunder dieser Welt.

8. Die wohltuend geringe Zahl von Prominenten in Chicago, von denen die meisten überbezahlte abgehalfterte

Sportler sind. Oprah, einer der Friends und viele andere mir Unbekannte sind nach New York oder Hollywood gegangen oder in einer Entzugsklinik verschwunden, wo sie das falsche Abzeichen ihrer einfachen Chicagoer Herkunft tragen und wir sie beanspruchen können, ohne für die Leere in ihrem Schlagzeilenleben verantwortlich zu sein.

9. Die Wellensittiche von Hyde Park, die wundersamerweise strenge Winter überstehen, ein eindrucksvoller Fall von Leben, das sich nicht unterkriegen lässt, beispielhaft für jene Haltung, die Chicago hart und groß gemacht hat. Tatsächlich habe ich nie einen gesehen. Dass sie möglicherweise erfunden sind, macht die ganze Sache noch besser.

10. Der Blick vom Adler Planetarium auf die nächtliche Skyline: erleuchtete Fenster inmitten dunkler Gebäude vor dem noch dunkleren Himmel. Es scheint, als klebten eckige Sterne an der dicken Wand einer Chicagoer Nacht; die kalte, inhumane Schönheit, in der alles Leben enthalten ist, jedes Fenster eine mögliche Geschichte, darin ein Einwanderer, der spätabends Großraumbüros saubermacht.

11. Das Graugrün des kaum schäumenden Sees, wenn der Wind aus Nordwest weht und der Himmel kühl ist.

12. Die langen, schwülen Sommertage, wenn die Straßen wie schweißgebadet daliegen und die Luft so schwer und warm wie honigsüßer Tee ist, die Strände voller Familien – grillende Väter, sonnenbadende Mütter, planschende Kinder, fast blau angelaufen, im seichten Wasser. Dann weht eine kühle Brise über die Parks, ein sintflutartiger Wolken-

bruch durchnässt jedes Lebewesen, und irgendwo verliert jemand an Macht. (Einem Chicagoer Sommertag ist nicht zu trauen.)

13. Die sorglosen Vorstädter auf der Michigan Avenue, zu erkennen an ihren Hard-Rock-Café-T-Shirts, blind für die Stadt jenseits der Shopping- und Unterhaltungsangebote; die Touristen auf schnellen Rundfahrtbooten, die an den Wolkenkratzern hinaufsehen wie enterbereite Piraten; die Brückenhälften, symmetrisch erigiert wie rivalisierende Schwänze; der Straßenmusikant vor dem Wrigley Building, der auf seiner Tuba »Killing Me Softly« spielt.

14. Die Tatsache, dass die Fans der Cubs in jedem Frühjahr erklären: »In diesem Jahr schaffen wir's!« – was sich spätestens im Sommer als Illusion erweist, wenn für die Cubs, wie üblich, nicht einmal rechnerisch die Möglichkeit mehr besteht, es noch bis zu den Play-offs zu schaffen. Diese aussichtslose Hoffnung ist einer der ersten Vorboten des Frühlings, Zeichen eines kindlichen Glaubens, dass Schluss ist mit allem Unrecht und alles wieder gut wird, einfach weil die Bäume ausschlagen.

15. Ein warmer Februartag in meiner Fleischerei, als alle Anwesenden über die Aussicht auf einen richtigen Schneesturm sprachen und sich jeder an den gewaltigen Blizzard von 1967 erinnerte – herrenlose Autos am Lake Shore Drive, unter Schneemassen begraben, Menschen, die durch den Schneesturm wie Flüchtlinge von der Arbeit nach Hause stapften, der Schnee in den Straßen so hoch, dass er bis an

die Außenspiegel der Milchlieferwagen reichte. Es gibt viele Katastrophen im Gedächtnis der Stadt, deren Ergebnis eine eigentümlich euphorische Nostalgie ist, nicht unähnlich dem Respekt, den Gangster eines bestimmten Typus in Chicago genießen.

16. Pakistanische und indische Familien, die an Sommerabenden feierlich auf der Devon Avenue spazierengehen, alte russisch-jüdische Ehepaare auf Parkbänken in Uptown, die sich, untermalt vom Lärm altmodischer Transistorradios, weichkonsonantige Klatschgeschichten erzählen, mexikanische Familien in Pilsen, die sich im Nuevo Leon zum sonntäglichen Frühstück drängen, afroamerikanische Familien, festlich zum Gottesdienst gekleidet, die in der Dixie Kitchen in Hyde Park auf einen Tisch warten, somalische Flüchtlinge, die auf dem Sportplatz der Senn High School in Sandalen Fußball spielen, junge Mütter aus Bucktown, die ihre Yogamatten wie Bazookas auf dem Rücken tragen, der unglaublich bunte Alltag in dieser Stadt, der immer für die eine oder andere Geschichte gut ist.

17. Der nächtliche Strom von roten und weißen Lichtern am Lake Shore Drive, von Montrose Harbor aus gesehen.

18. Der Wind: Die Segelboote im Grant Park Harbor tanzen auf dem Wasser, die Leinen klappern hysterisch an den Masten; die Fontäne von Buckingham Fountain verwandelt sich in eine Wasserfeder; Fenster schlagen laut zu; auf der Michigan Avenue ziehen die Leute die Köpfe zwischen die Schultern; meine Straße liegt verlassen da, bis auf einen

eingemummelten Postboten und eine Plastiktüte, die in der kahlen Baumkrone wie eine zerfetzte Fahne flattert.

19. Die vornehmen Villen in Beverly, die trostlosen Reihenhäuser in Pullman, die kalten Gebäude in der Schlucht von LaSalle Street, die auffällige Schönheit der alten Hotels in Downtown, die strenge Arroganz von Sears Tower und Hancock Center, die altmodischen Häuser in Edgewater, die Melancholie der West Side, die verfallene Pracht der Theater und Hotels in Uptown, die Lagerhallen und Autowerkstätten von Northwest, Tausende unbebauter Grundstücke und aufgegebener Gebäude, für die sich niemand interessiert und an die sich niemand erinnern wird. Jedes Haus erzählt etwas von der Geschichte Chicagos. Nur die Stadt kennt die ganze Story.

20. Wenn Chicago gut genug war für Studs Terkel, der sein ganzes Leben dort verbracht hat, dann ist Chicago auch für mich gut genug.

Wenn es Gott gäbe, wäre er ein zuverlässiger Mittelfeldspieler

Zunächst ein paar Worte zu mir, obwohl es hier nicht um mich geht

Für bosnische Verhältnisse war ich sportlich. Obwohl ich jahrelang dreißig Zigaretten pro Tag rauchte, mich schon als Fünfzehnjähriger dem Genuss alkoholischer Getränke hingab und alles andere als ein Vegetarier war, hatte ich seit Ewigkeiten ein-, zweimal die Woche auf den Gassen und Parkplätzen von Sarajevo Fußball gespielt. Doch nach meiner Ankunft in Chicago legte ich, dank der Whoppers und Twinkies, aus denen meine Ernährung bestand, und nach mehreren quälenden Versuchen, das Rauchen aufzugeben, schon bald zu. Und ich fand niemanden, mit dem ich hätte spielen können. Meine Kollegen von Greenpeace betrachteten das Drehen von Joints als sportliche Betätigung und trafen sich nur gelegentlich zu einer lässigen Partie Softball, bei der keine Tore gezählt wurden und alle ihren Spaß hatten. Die Regeln waren mir ein Rätsel, aber ich versuchte hartnäckig, den Punktestand festzuhalten.

Ich litt darunter, nicht mehr Fußball zu spielen. Es ging mir nicht um meine Gesundheit, denn ich war ja noch jung – Fußballspielen hieß für mich, lebendig zu sein. Ohne Fußball fühlte ich mich orientierungslos, seelisch und körperlich. Im Sommer 1995 radelte ich eines Samstags in Uptown an einem Sportplatz vorbei und sah, wie sich Jungs warmliefen, den Ball herumkickten und auf den Anstoß warteten. Vielleicht waren es zwei Vereinsmannschaften, bei denen man nicht einfach so mitmachen konnte. Doch bevor ich lange über die Aussicht nachdachte, mir eine demütigende Ablehnung einzuhandeln, fragte ich, ob ich mitspielen könne. Na klar, lautete die Antwort, und zum ersten Mal seit einer dreijährigen Ewigkeit trat ich wieder gegen einen Fußball. An diesem Tag spielte ich also, zwölf Kilo schwerer, mit kurzen Jeans und Basketballschuhen. In null Komma nichts hatte ich mir eine Lendenzerrung zugezogen und Blasen an den Fußsohlen. Ich spielte bescheiden Verteidiger (obwohl Stürmer mir lieber gewesen wäre) und folgte strikt den Anweisungen des besten und schnellsten Spielers meiner Mannschaft, der Philip hieß und, wie ich später erfuhr, bei den Olympischen Spielen von Seoul in der nigerianischen 4 x 400-m-Staffel gelaufen war. Nach dem Spiel fragte ich ihn, ob ich wiederkommen könne. Frag den da, sagte Philip und zeigte auf den Schiedsrichter. Der trug ein schwarzweiß gestreiftes Hemd und hieß German. Er sagte, dass an jedem Samstag und Sonntag gespielt werde und ich jederzeit willkommen sei.

German war übrigens kein Deutscher – er kam aus Ecuador, aber sein Vater war gebürtiger Deutscher, daher sein Name (Hermann) und Spitzname. Er war Mitte vierzig, braungebrannt, trug Elvis-Tolle und Schnurrbart und arbeitete als Fahrer bei UPS. Jeden Samstag und Sonntag kam er gegen 14 Uhr in einem uralten, klapprigen Lieferwagen angefahren, auf den er einen Fußball und den Spruch KICK ME MAKE MY DAY gemalt hatte, entlud Torpfosten (aus Plastikrohren) und Netze, haufenweise einfarbige T-Shirts und Bälle. Die Shirts waren für die Jungs, die zum Spielen erschienen. Auf die Mülltonne legte er ein Brett und stellte ein paar billige Pokale und Trophäen darauf, Fähnchen verschiedener Länder sowie ein Radio, aus dem Spanisch sprechende Stimmen plärrten. Die meisten Spieler lebten in Uptown und Edgewater. Sie kamen aus Mexiko, Honduras, El Salvador, Peru, Chile, Kolumbien, Belize, Brasilien, Jamaika, Nigeria, Somalia, Äthiopien, dem Senegal, Eritrea, Ghana, Kamerun, Marokko, Algerien, Jordanien, Frankreich, Spanien, Rumänien, Bulgarien, Bosnien, USA, der Ukraine, Russland, Vietnam, Korea und so weiter. Es gab sogar einen Tibeter, der ein erstklassiger Torhüter war.

Da meistens mehr als zwei Mannschaften vorhanden waren, wurde ständig rotiert, jedes Spiel dauerte eine Viertelstunde oder so lange, bis eine Mannschaft zwei Tore erzielt hatte. Alle waren eifrig bei der Sache, da die siegreiche

Mannschaft für das nächste Spiel auf dem Platz blieb, während das Verliererteam am Spielfeldrand auf seine nächste Chance warten musste. German fungierte als Schiedsrichter, pfiff aber kaum ein Foul. Glasigen Blicks folgte er dem Spiel, als wäre es eine Droge für ihn, und erst beim Geräusch aufeinanderkrachender Knochen schien er eingreifen zu wollen. Wenn in einem Team der elfte Mann fehlte, sprang er ein und spielte und pfiff gleichzeitig. In solchen Situationen war er besonders streng mit sich. Einmal zeigte er sich wegen allzu harten Dazwischengehens die gelbe Karte. Wir – fest entschlossen, uns als Einwanderer in diesem Land zu behaupten – spielten nach unseren eigenen Regeln, was uns das tröstliche Gefühl gab, Teil einer größeren Welt zu sein. Wir riefen uns nach unserem Herkunftsland. Eine Zeitlang hieß ich Bosnien, andere Mittelfeldspieler hießen beispielsweise Kolumbien oder Rumänien.

Weil ich so scharf aufs Mitspielen war und Angst hatte, bei zu spätem Erscheinen nicht mehr berücksichtigt zu werden, kam ich oft als Erster, lange vor den anderen, half German beim Aufstellen der Tore, und dann hingen wir herum und fachsimpelten. German hatte in seinem irren Lieferwagen Alben mit Fotos von allen, die mit ihm gespielt hatten. Einige kamen mir bekannt vor, obwohl sie inzwischen viel älter waren. Einer, zu dem alle nur Brasilien sagten, erzählte mir, er spiele seit mehr als zwanzig Jahren in Germans Truppe. German habe damals alles organisiert, obwohl er Drogen- und Alkoholprobleme hatte und für eine Weile auch ausstieg. Doch dann sei er wieder aufgetaucht, erzählte Brasilien. Zum ersten Mal seit meiner Ankunft in Chicago verstand ich, dass man in Amerika leben und zugleich eine Geschichte haben konnte, die man mit anderen teilte.

Mir war nicht klar, warum German das alles machte. Auch wenn ich mich für einen halbwegs großzügigen Menschen halte, könnte ich mir nicht vorstellen, jedes Wochenende Fußballturniere zu organisieren und Schiedsrichter zu sein, dumme Sprüche und anderes ertragen zu müssen, die Tore abzubauen und in den Lieferwagen zu laden, nachdem alle anderen gegangen waren, und zu Hause einen Haufen verschwitzter T-Shirts in die Waschmaschine zu stopfen. Es war klar, dass es ohne German diese Spiele nicht geben würde, aber er verlangte nie eine Gegenleistung von uns.

Jahrelang nutzte ich Germans unerklärliche Großzügigkeit aus. Da wir im Winter oft in einer Gemeindeturnhalle spielten, allerdings in Pilsen, was für einen Fahrradfahrer viel zu weit weg war, nahm er mich in seinem klapprigen Lieferwagen mit, wobei ich während der Fahrt die Beifahrertür festhielt, weil sie nicht mehr richtig schloss. Auf dem Rückweg fürchtete ich oft um mein Leben, da German den erfolgreichen Abschluss eines Turniers gern mit ein paar Bieren feierte – die Kühltasche in seinem Wagen war immer gut gefüllt. Er redete pausenlos während des Fahrens und trank dabei, erzählte mir von seiner Lieblingsmannschaft aller Zeiten (Kamerun bei der WM 1990) oder von seiner Suche nach einem Nachfolger, der die Spiele organisieren würde, wenn er sich im Alter nach Florida zurückziehe. Es sei schwer, den Richtigen zu finden, sagte er, weil kaum jemand sich binden wolle. Mich hat er nie gefragt, was mich ein bisschen kränkte, auch wenn ich wusste, dass ich völlig ungeeignet dafür war.

Einmal, während einer Fahrt auf vereisten Straßen, bei der mir besonders mulmig war, fragte ich ihn, warum er das überhaupt mache. Er tue es für Gott, antwortete er. Gott habe ihm aufgetragen, Menschen zusammenzubringen, die Botschaft der Liebe zu verbreiten, das sei seine Mission. Mir war unwohl, ich befürchtete, er werde mich bekehren wollen, und stellte ihm daher keine weiteren Fragen. Aber er hat nie jemanden nach seiner Religion befragt, nie über seinen Glauben gesprochen, nie versucht, andere zu Gott zu bringen. Seine Liebe zum Fußball war bedingungslos. Wenn die Leute an den Fußball glaubten, reichte ihm das. In Florida wollte er ein Stück Land kaufen und eine Kirche darauf bauen und daneben einen Fußballplatz anlegen. Er wollte den Rest des Lebens als Prediger verbringen. Nach dem Gottesdienst würde die Gemeinde Fußball spielen, und er würde pfeifen.

Einige Jahre später hörte German auf. An einem der letzten Wochenenden spielten wir bei drückender Hitze. Alle waren gereizt, papageiengroße Fliegen schwirrten umher, der Boden war hart, die Luftfeuchtigkeit enorm, die Toleranz gering, ein paarmal kam es zu Streit. Der Himmel über den Wolkenkratzern am Lake Shore Drive verfinsterte sich, in den Wolken brodelte es, bald würden sie überkochen. Und dann traf uns eine Kaltfront, als hätte jemand eine gigantische Tiefkühltruhe geöffnet, und im nächsten Moment ging ein Wolkenbruch nieder, wie ich ihn noch nie erlebt hatte. Der Regen setzte am anderen Ende des Spielfelds ein und bewegte sich dann wie eine deutsche WM-Mannschaft auf das gegnerische Tor. Wir liefen davon, aber der Regen holte uns rasch ein, und im nächsten Moment waren wir pitschnass. Die Heftigkeit dieses plötzlichen Wetterumschwungs hatte etwas Erschreckendes – dieser blinden, unberechenbaren Naturgewalt waren wir hilflos ausgeliefert.

Ich lief zu Germans Lieferwagen wie zu einer rettenden Arche. Andere waren schon dort: German, Max aus Belize, ein Chilene (der natürlich Chile hieß), Rodrigo (ein Automechaniker, der Germans Lieferwagen seit mehr als zwanzig Jahren wundersamerweise fahrtüchtig hielt) sowie Rodrigos ermatteter Kumpel, der offenbar kein Wort Englisch sprach, mit nacktem Oberkörper auf der Kühltasche saß und Bier verteilte. Wir flüchteten uns in den Lieferwagen, der Regen trommelte aufs Dach, und es hörte sich an, als wären wir in einem Sarg und jemand werfe Erdklumpen darauf.

Ich fragte German, ob er glaube, in Florida Spieler zu finden. Er war sich seiner Sache sicher, denn wenn man gebe und nichts dafür fordere, sagte er, werde sich schon jemand finden. Plötzlich ratterte Chile etwas herunter, was wie eine schlecht gelernte Lektion aus einem New-Age-Lehrbuch klang, einen banalen Spruch über bedingungslose Hingabe. Die Leute in Florida sind zu alt, sagte ich, sie können nicht mehr laufen. Wenn sie alt sind, entgegnete German, sind sie nicht mehr weit vom Eintritt in die Ewigkeit entfernt, da brauchen sie Hoffnung und Ermutigung. Fußball wird ihnen dabei helfen.

Nun ja, ich bin Atheist, eitel und skeptisch. Ich gebe wenig, erwarte viel und verlange noch mehr – was German sagte, klang in meinen Ohren allzu bedeutungsvoll, naiv und simpel. Es wäre in der Tat bedeutungsvoll, naiv und simpel gewesen, wäre nicht das Folgende passiert:

Hakim, der Nigerianer, der es irgendwie schafft, an jedem Tag seines Lebens Fußball zu spielen, kommt herbeigelaufen, völlig durchnässt, und fragt, ob wir seine *keys*, seine Schlüssel, gesehen haben. Spinnst du, rufen wir, während es durch das Fenster schüttet, dies ist der Weltuntergang, such später nach deinen Schlüsseln. *Kids*, sagt er, ich suche nach meinen *kids*. Dann rennt er durch den Regen und sammelt seine beiden Kinder ein, die ängstlich unter einem schützenden Baum stehen. Hakim bewegt sich wie ein Schatten vor dem dunkelgrauen Regenvorhang, seine Kinder klammern sich an ihn wie zwei Koalajunge. Lalas (er heißt so nach dem amerikanischen Fußballspieler) steht derweil auf dem Radweg neben seiner Frau, die im Rollstuhl sitzt. Sie hat eine besonders aggressive Form von MS und hat es nicht mehr geschafft, sich vor dem Wolkenbruch in Sicherheit zu bringen. Sie stehen nebeneinander und warten auf das Ende des Unwetters, Lalas in seinem Uptown-United-Shirt, seine Frau unter einem Stück Karton, das sich im Regen allmählich auflöst. Der tibetische Torhüter und seine tibetischen Freunde, die ich noch nie gesehen habe und auch nie mehr sehen werde, spielen auf dem inzwischen völlig überfluteten Feld. Es sieht so aus, als bewegten sie sich in Zeitlupe auf einem friedlichen Fluss. Der Boden dampft, der Dunst umhüllt ihre Füße, und manchmal scheint es, als schwebten sie über dem Wasser. Lalas und seine Frau sehen ihnen ganz entspannt zu, als könnte ihnen nichts passieren. (Sie ist inzwischen gestorben, möge sie in Frieden ruhen.) Sie sehen, wie einer der Tibeter ein Tor schießt, der regenschwere Ball entgleitet dem Torhüter, der in einer Pfütze landet. Er lacht unbekümmert, von Weitem sieht er aus wie der Dalai Lama höchstpersönlich.

Das, meine Damen und Herren, ist der Kern dieser kleinen Geschichte – jener seltene Augenblick, den all jene vielleicht kennen, die mit anderen Leuten Sport machen: jener Moment inmitten des chaotischen Spielgeschehens, wenn sich die Teamkameraden in einer idealen Position befinden und das Universum einem höheren Willen zu gehorchen scheint, jener Moment, der sofort vorbei ist, sobald man die Flanke geschossen hat. Es bleibt nur noch eine vage, physische, orgasmische Erinnerung an jenen flüchtigen Moment, in dem man mit seiner Umgebung vollkommen eins war.

Nachdem German nach Florida gegangen war, spielte ich in einem Park in Belmont, südlich von Uptown. Es war eine ganz andere Truppe, deutlich mehr Europäer, ganz und gar assimilierte Latinos und ein paar Amerikaner. Wenn ich mich zu sehr hineinsteigerte und von den anderen, sagen wir, mehr Teamgeist verlangte, hieß es meistens: Entspann dich, ist doch nur Fitnesstraining. Worauf ich entgegnete, dass sie, wenn sie nicht vernünftig spielen wollten, besser in einer verdammten Muckibude rummachen sollten. Kein Uptown-Spieler hätte je so etwas gesagt. Bei uns ging es nie um Fitnesstraining und Entspannung.

Einer der Belmont-Leute war Lido, ein fünfundsiebzigjähriger Italiener. Selbst der langsamste Ball war zu schnell für ihn, weshalb er, wenn die Mannschaften zusammengestellt wurden, nie als Spieler zählte – wir ließen ihn einfach mitmachen, weil wir davon ausgingen, dass seine Anwesenheit auf dem Platz keine Auswirkungen haben werde. Wie so viele Männer jenseits der fünfzig machte er sich große Illusionen über seine körperlichen Fähigkeiten. Er glaubte wirklich, noch so gut spielen zu können wie fünfzig Jahre zuvor. Ausgestattet mit einem beklagenswerten Toupet, das ihm beim Kopfball über die Augen rutschte, verwies er, nachdem er den Ball verfehlt hatte, stets auf seine grandiosen Absichten und die offensichtlichen Fehler der anderen. Lido war ein guter und anständiger Mensch. (Er starb 2011, möge er in Frieden ruhen.)

Weil mir die Aussicht, eventuell nicht aufgestellt zu werden, unerträglich war, erschien ich noch immer überpünktlich zu den Spielen. Lido, der in der Nähe wohnte, war oft als Erster da. Manchmal war er ganz irritiert und verärgert, wenn er einen unserer amerikanischen Mitspieler gesehen hatte, der sich im Park versteckte, um unserem Geplauder vor Anpfiff aus dem Weg zu gehen. Was sind das denn für Leute?, brummte er. Wovor haben sie Angst? In Italien würde das nie passieren. Lido, der ursprünglich aus Florenz kam, trug stolz ein purpurrotes Fiorentina-Trikot. In Italien, sagte er, sprechen die Leute gern mit einem und sind hilfsbereit. Wenn man sich verlaufen hat, lassen sie alles stehen und liegen und zeigen einem den Weg. Und sie reden mit einem, freundlich und höflich, nicht wie diese da – er deutete zu den Bäumen und Büschen, hinter denen sich die schüchternen Amerikaner verbargen. Auf meine Frage, wie oft er nach Italien reise, antwortete er, nicht allzu oft. In Florenz habe er einen wunderbaren Ferrari, und es gebe dort viele neidische Leute. Sie schraubten die Räder ab, traten die Blinklichter ein, zerkratzen den Lack mit einem Nagel, einfach aus Boshaftigkeit. Er reise nicht gern nach Italien, die Italiener seien nicht sehr sympathisch. Als ich ihm vorsichtig in Erinnerung rief, dass er die Italiener gerade als unglaublich sympathisch bezeichnet habe, nickte er und rief, ja, ja, sehr sympathisch! Ich gab auf. Lido hatte anscheinend keine Mühe, zur gleichen Zeit zwei gegensätzliche Meinungen zu vertreten – eine

Fähigkeit, dachte ich plötzlich, die unter Künstlern nicht selten ist.

Lido war in den Fünfzigern nach Chicago gekommen. In Florenz hatten er und sein Bruder alte Fresken und Gemälde restauriert, von denen es dort offenbar wimmelte. Nach ihrer Ankunft in Amerika überlegten sie, dass es hier bestimmt ebenfalls viele restaurierungsbedürftige Gemälde gab, und eröffneten eine Werkstatt. Lido wurde recht erfolgreich, konnte das Leben in vollen Zügen genießen. Er war mit der einen oder anderen Schönheit am Arm gesehen worden oder am Steuer seines amerikanischen Ferrari. Abgesehen von den Schönheiten hatte er offenbar mehrere Ehefrauen gehabt. Die letzte war um die achtzehn und, Gerüchten zufolge, eine Katalogbraut aus einem kleinen Ort in Mexiko.

Lido erklärte mir einmal, wie Dilettanten und Stümper die Decke der Sixtinischen Kapelle, das Meisterwerk Michelangelos, angeblich restauriert, tatsächlich aber ruiniert hatten. Obwohl ich von diesen Dingen rein gar nichts verstand, schilderte er mir detailliert, welche Schnitzer sich diese Leute geleistet hatten – beispielsweise hatten sie mit Schwamm und Lösungsmittel die Patina von den Fresken abgewischt. Ich solle mir das mal vorstellen, sagte Lido. Gehorsam stellte ich mir vor, wie der wehrlose Michelangelo mit einem Schwamm gewaschen wurde. Lido echauffierte sich immer mehr, so dass mir das Reinigen mit Schwamm und Lösungsmittel tatsächlich als ein Akt mutwilliger Zerstörung erschien – und Gott so blass, dass er kaum noch Macht besaß.

Die Dummköpfe, die die Restaurierung in Auftrag gegeben hatten, erkannten aber irgendwann, dass die Schöpfung nach Michelangelo ruiniert war, und baten Lido, die Sache in Ordnung zu bringen. Doch statt ihnen zu Hilfe zu kommen, antwortete Lido mit einer fünfseitigen wütenden Philippika. Sie hätten einfach nicht verstanden, sagte Lido, dass die Patina das wesentliche Element dieses Freskos sei, dass die Welt, die der Allmächtige an der Decke der Sixtinischen Kapelle erschaffen habe, unvollständig sei, solange die Wand die Farbe nicht vollständig aufgesogen habe, solange das Werk nicht ein wenig nachgedunkelt sei. Gott habe die Welt nicht an einem strahlend hellen Tag erschaffen, schimpfte Lido. Ohne Patina sei das Ganze einen Scheißdreck wert.

Lido saß, während er mir diese Geschichte erzählte, auf seinem Fußball (Größe 4, viel zu hart aufgepumpt), und vor lauter Empörung machte er eine falsche Bewegung, so dass er umkippte und auf der Erde landete. Ich half ihm wieder auf, spürte die alte Haut an seinem Ellenbogen, berührte seine private Patina.

Schließlich tauchten die schüchternen Amerikaner auf, und auch die übrigen Spieler erschienen, und Lido, der jede Missachtung Michelangelos und der Schöpfung persönlich nahm, trat als Stürmer an, jederzeit bereit, ein spektakuläres Tor zu erzielen.

Lidos Schöpfer, wer immer das ist, kann jedenfalls zufrieden sein. Lido war einer jener seltenen Menschen, die Vollkommenheit erreichen. Uns anderen blieb nur, uns im Dreck zu wälzen, durchgeschüttelt zu werden und uns eine Patina zuzulegen, in der Hoffnung, existieren zu dürfen, einfach so, bedingungslos.

Als ich Lido an diesem Tag den Ball zuspielte (wohl wissend, dass er ihn verschießen würde), hatte ich das wunderbare Gefühl, mit etwas verbunden zu sein, das weit über mich hinauswies, ein Gefühl, das all jenen fremd ist, die glauben, im Fußball gehe es um Fitness und Entspannung.

Das Leben der Großmeister

Ich weiß nicht mehr, in welchem Alter ich Schachspielen gelernt habe. Ich kann nicht älter als acht gewesen sein, denn ich habe noch immer den Kasten, auf dessen Rand mein Vater mit einem Lötkolben die Inschrift »Saša Hemon 1972« anbrachte. Dieses Schachbrett war mir lieber als das Schachspielen selbst – denn es war eines meiner ersten Besitztümer. Seine Beschaffenheit verzauberte mich, der Geruch von versengtem Holz, der sich noch lange hielt, nachdem mein Vater die Inschrift eingebrannt hatte. Das Klappern der lackierten Figuren im Innern des Kastens, das Geräusch, das sie beim Aufstellen machten, der hohle Klang des hölzernen Kastens. Ich erinnere mich sogar an den Geschmack – die Spitze der Königin war angenehm auf den Lippen, die runden, nippelartigen Köpfe der Bauern schmeckten süß. Das Schachbrett ist in unserer Wohnung in Sarajevo, und auch wenn ich seit Jahrzehnten nicht mehr darauf gespielt habe, so ist es noch immer mein liebster Besitz, unwiderleglicher Beweis, dass einmal ein kleiner Junge namens Saša Hemon lebte.

Vater und ich haben immer nur auf diesem gekennzeichneten Schachbrett gespielt. Meine Aufgabe war es, die Figuren aufzustellen, nachdem er mir die beiden Fäuste hingehalten hatte, damit ich zwischen Weiß und Schwarz wählte. Meistens tippte ich auf die Hand mit der schwarzen Figur, und Vater lehnte es strikt ab, in Verhandlungen mit mir einzutreten. Wir spielten, und jedes Mal verlor ich. Meine Mutter missbilligte, dass er mich nie gewinnen ließ, denn sie war der Ansicht, dass Kinder die Genugtuung des Siegs erlebt haben mussten, um später erfolgreich zu sein. Mein Vater war dagegen der festen Überzeugung, dass alles im Leben verdient werden musste und die Siegessehnsucht einem half, Erfolg zu haben. Als Ingenieur, der rationale Fakten über alles stellte, glaubte er an Erkenntnisse, die durch Probieren und Scheitern gewonnen wurden – selbst wenn es, wie in meinem Fall, ausnahmslos Scheitern war.

Ich hätte es damals nicht zugegeben, aber eine Unterstützung von seiner Seite hätte mir gutgetan. Das heißt, Vater sollte mich gewinnen lassen, aber so, dass ich nichts davon merkte. Ich konnte nicht mehr als einen oder zwei Züge vorausdenken (meine Lieblingssportarten waren ja Fußball und Skifahren, wo man Entscheidungen durch blitzschnelles Improvisieren trifft). Ich scheiterte regelmäßig, mein König war jedes Mal hoffnungslos isoliert, oder ich erkannte nicht, dass es im nächsten Moment die Königin erwischen würde. Immer wieder fiel ich auf die Tricks meines Vaters herein und fügte mich, um mir weitere Demütigungen zu ersparen, viel zu rasch in mein Schicksal. Vergeblich, denn Vater ging noch einmal all die Schritte mit mir durch, die zu meiner Niederlage geführt hatten. Er brachte mich dazu, konzentrierter bei der Sache zu sein und nachzudenken – auch in anderen Lebensbereichen – Sport, Familie, Hausaufgaben. Er schenkte mir ein Lehrbuch (ausgerechnet das von Isidoras Vater), und Schritt für Schritt analysierten wir die Spiele der berühmten Meister – Lasker, Capablanca, Aljechin, Tal, Spasski, Fischer und andere. So geduldig Vater auch war, für die wunderbaren Möglichkeiten einer klugen Eröffnung oder eines raffinierten Opfers hatte ich keinen Blick. Er wollte mir eine viel zu ferne Welt zeigen, deren mysteriöse Tröstungen in einer nebulösen Zukunft lagen. Die Spiele der Großmeister durchzugehen war wie Schulunterricht – hin und wieder interessant, meistens jedoch furchtbar mühselig. Trotzdem versuchte ich, wenn ich allein war, vor der nächsten Partie den einen oder anderen Trick zu lernen und meinen Vater damit zu überraschen. Aber jedes Mal stieß ich rasch an die Grenzen meines abstrakten Denkvermögens. Dass Berühmtheiten wie Capablanca, Aljechin und Fischer überzeugte Einzelgänger waren, machte die Sache nicht besser. Ich war noch kein Schriftsteller und wusste nichts von Künstlern, die mit großer Hingabe Kunstwerke hervorbringen. Und meine Umwelt war eine einzige Ablenkung – hübsche Mädchen, Romane und Comics, meine wachsende Plattensammlung, Nachbarsjungen, die pfeifend unter dem Fenster standen und riefen, ich solle zum Fußballspielen kommen.

Verglichen mit anderen gleichaltrigen Jungs war ich aber

gar nicht so schlecht. Die Partien, die ich mit meinen Freunden spielte, bestanden meist aus stümperhaften und planlosen Zügen, doch ich habe oft gewonnen. Schach spielten wir wie alles andere auch – unbekümmert, achtlos und in Gedanken schon bei der nächsten Unternehmung. Gewinnen war besser als Denken, und Verlieren gefiel mir überhaupt nicht. Ich hatte mir ein Repertoire an Standarderöffnungen und Angriffsstrategien zurechtgelegt und suchte mir Gegner aus, die ahnungslos in meine lehrbuchmäßigen Fallen gingen. Trash Talk war mir wichtiger als die Schönheit brillanter Kombinationen.

Einmal, als ich in der vierten Klasse war, sollte unsere Schule an einem Turnier teilnehmen. Also wurde ein Lehrer bestimmt, der das Auswahlverfahren durchführen würde. Ich meldete mich. Ich wollte es ganz allein schaffen, aber dummerweise erzählte ich meinem Vater davon, so dass er an dem betreffenden Tag, einem Samstag, mit in die Schule kam. Der Lehrer, der sich nicht sonderlich für Schach interessierte, gab ihm freie Hand, ließ ihn die Tische umstellen und die Punktetabelle an die Tafel schreiben. Mein eifriger Vater kümmerte sich um alles, er war überhaupt der einzige anwesende Vater. Wie ein Riese stand er inmitten der Tische und Stühle im Klassenzimmer. Jeder wusste, wessen Vater er war.

Ohne seine Anwesenheit hätte ich bei dem Auswahlverfahren wahrscheinlich besser abgeschnitten. Ich spürte, wie er mir prüfend über die Schulter blickte; er starrte immerfort auf das Brett, und ich stellte mir meine Fehler und Chancen aus seiner Sicht vor, sah aber nichts. Weil das eigene Glück oft Ergebnis der Fehler anderer ist, konnte ich ein paar Partien gewinnen. Vielleicht lenkte mein Vater die anderen Kids noch mehr ab als mich und schüchterte sie mit seiner stummen Präsenz ein.

Jedenfalls schaffte ich es in die Schulmannschaft, und ein paar Wochen später fuhren wir mit dem Bus zu einer Blindenschule in Nedžarići, einem Viertel, das damals praktisch eine andere Stadt war, so weit entfernt war es von dem meinen. Ich war als fünfter von acht Spielern eingeteilt worden, doch wie sich herausstellte, wurden nur vier Spieler benötigt. Ich trieb mich die ganze Zeit in den düsteren Korridoren der Blindenschule herum und schaute gelegentlich bei dem Turnier vorbei, nur um festzustellen, dass meine Mitschüler bei den blinden Kids nicht die geringste Chance hatten. Ich hätte so gern mitgespielt, aber als ich das Gemetzel sah, war ich heilfroh, dass mir das erspart blieb. Die blinden Schüler saßen ernst und konzentriert da, nahmen eine der Figuren, deren Unterseite mit einem Stift versehen war, fuhren mit den Fingern über das Schachbrett und steckten die Figur in ihre neue Position.

Ich versuchte mir vorzustellen, wie Schach für sie sein mochte, eine Innenwelt, in der alle Kombinationen, alle Angriffslinien und Verteidigungspositionen deutlich umrissen waren. Was ich stattdessen sah – und sie, wie ich dachte, nicht sehen konnten –, war die banale Solidität einer unumgänglichen physischen Realität, die unabweisbare Modalität des Sichtbaren, über die ich nicht hinaussehen konnte. Ich agierte in der Außenwelt, zog mich in meine Innenwelt nur zurück, wenn ich las. Die Welt in ihrer ganzen abgedroschenen hartnäckigen Konkretheit war für mich nie ganz aufgehoben. Wenn ich beispielsweise mit meinem Vater spielte, lenkte mich seine körperliche Präsenz furchtbar ab. Nie konnte ich das Spiel von unserem Verhältnis und allen anderen Dingen trennen, die ringsum geschahen – sein hektisch wippendes Knie, seine großen Hände und die flachen, breiten Daumen, mit denen er die Figuren entmutigend selbstsicher bewegte, sein Nicken, wenn er Chancen sah, die mir völlig entgingen, der Essensgeruch aus der Küche, meine Mutter, die im Hintergrund herumwuselte und meinen Vater wieder einmal anflehte, mich nicht schachmatt zu setzen. Woraufhin er mich schachmatt setzte.

Natürlich kam es dann dazu, dass ich seine Spieleinladungen jedes Mal ablehnte – mit dem Hinweis, ich müsse noch lernen und sei noch nicht so weit. Doch wenn er gegen seinen Studienfreund Ćika Žarko spielte, schaute und hörte ich aufmerksam zu. Nicht ohne Schuldgefühle drückte ich Ćika Žarko die Daumen. Mein Vater sollte verlieren, damit er verstand, wie es mir erging, wenn er gegen mich spielte. Er wollte mir alles beibringen, was er wusste, aber ich wollte, dass er die Dinge aus meiner Warte sah – vielleicht ist Liebe ja der Prozess, in einer gemeinsamen Auffassung von Realität zusammenzufinden. Ich wünschte mir, ihm solle klar sein, dass es weit mehr verkehrte als richtige Züge gibt, dass richtige Entscheidungen erschreckend unzuverlässig sind und dass Niederlagen uns verbinden. Heute erinnere ich mich natürlich nicht mehr an seine Siege oder Niederlagen, auch nicht daran, mich über seine Niederlagen gefreut zu haben. Auf dem Bildschirm meiner Erinnerung sitzt er immer nur über den Figuren, mit wippendem Knie, das umso schneller wippte, je schwieriger seine Position war. Er bewegt sich gern in seinem Innern, denke ich mir, löst Probleme gern im Laboratorium seines Ingenieurgehirns. Er liebt den Raum, in dem Vernunft und Logik herrschen. Er liebt mich.

Als Teenager besuchte ich einen mathematischen Schulzweig. Wir hatten rund zwölf Stunden Mathematik und Physik in der Woche, natürlich auf Kosten anderer Fächer. Wir lernten Differentialrechnung und imaginäre Zahlen, schlugen uns mit Quantenphysik und komplexen Funktionen herum, während unsere Mitschüler in dem »normalen« Zweig, die mit Mühe und Not Bruchrechnen konnten, sich in den sonnendurchfluteten, fruchtbaren Disziplinen von Kunst, Musik und Biologie tummelten und all das lernten, was Oberschüler eben lernen – nichts Besonderes.

Ich hatte mich für den mathematischen Zweig entschieden, weil mich die Relativitätstheorie faszinierte. Ich hatte mehrere populärwissenschaftliche Artikel über Einsteins Theorie und ihre atemberaubenden Konsequenzen gelesen

(Raumzeit! Schwarze Löcher! Dunkle Materie!) und war zu dem Schluss gekommen, dass die Arbeit eines theoretischen Physikers darin besteht, die Sternenwelt zu betrachten und sich andere Welten vorzustellen. Das schien ein Beruf zu sein, der für mich in Frage kam. Auf der Oberschule zeigte sich aber bald, dass ich im Bereich des mathematischen Denkens nur improvisieren konnte, und fortan improvisierte ich eben.

Meine Klasse war eine nerdreiche Umgebung, in der die Zahl anschmiegsamer junger Damen tragischerweise gegen null tendierte. In den anderen Klassen gab es viel mehr von ihnen, alle waren unerreichbar für uns, abgestoßen von der dunklen Materie der Nerdiness, die wir ausstrahlten. Bald hatten wir auch unseren Spitznamen weg – »Gemüsehändler«. Das Addieren von Preisen war anscheinend das einzige Anwendungsgebiet, das die anderen sich für Mathematik vorstellen konnten.

In meiner Klasse waren ein paar talentierte Mathematiker und mindestens ein verrücktes Genie. Er hieß Mladen und war ausgesprochen uncool – er trug Pullover mit V-Ausschnitt und gebügelte Hosen, das Haar geföhnt und gescheitelt. Er war im Unterricht aufmerksam, fluchte nicht und verwendete keine Slangausdrücke, er interessierte sich weder für Fußball noch für Rock 'n' Roll und war überhaupt ein netter Kerl, der auf das ganze Gehabe pubertierender Jünglinge verzichtete. Die Matheprobleme, mit denen wir uns herumplagten, waren für ihn ein Kinderspiel. Das helle und nüchterne Feld der Mathematik war sein Zuhause. Als wir während der Sportstunde einmal unsere Runden drehten, sagte er plötzlich neben mir: »Dein Weg ist länger als meiner.« Ich hatte keine Ahnung, was er meinte. Daraufhin erklärte er, dass ich, weil ich rechts neben ihm lief, eine längere Strecke zurücklegte. Im selben Jahr gewann er eine Goldmedaille bei der Internationalen Mathematikolympiade in Washington, während ich den *Fänger im Roggen* las, mit dem Rauchen anfing, von Led Zeppelin zu XTC überging und mich ansonsten mit meiner schulischen Durchschnittlichkeit abfand.

Da wir keinen Zugang zu Mitschülerinnen und ihren Körpern hatten, spielten wir oft Schach, organisierten sogar Turniere. Wir spielten während des Unterrichts, was die Lehrer nicht groß kümmerte. Die Punktetabelle hing im Klassenzimmer aus, Mladen immer die Nummer eins, uns anderen haushoch überlegen. Er war so gut, dass er Blindpartien simultan gegen mehrere Gegner spielen konnte, manchmal sechs, und gleichzeitig ganz bei den Ausführungen des Lehrers war. Wir anderen riskierten einen Tadel, versteckten das Schachbrett unter dem Tisch, achteten nicht auf den Unterricht. Wir analysierten unsere Position und schickten ihm einen Zettel, auf dem, sagen wir, »Ke2-e4« stand. Und Mladen reagierte sofort, ohne ein einziges Wort des Lehrers zu verpassen. Wir sahen sofort, was für ein brillanter Kopf er war und dass wir keine Chance hatten. Wir rächten uns, indem wir nachmachten, wie er den

Hintern herausstreckte, wenn er in exakt parallelen Bahnen mit dem Schwamm über die Tafel fuhr.

Der Einzige, der es mit Mladen auch nur annähernd aufnehmen konnte, war Ljubo. Wir kannten uns seit der Grundschule. Damals, als ich den George in einer Beatles-Band markiert hatte, war er Ringo gewesen. Später verlor er jedoch das Interesse an Rock 'n' Roll, ja, überhaupt an den meisten Dingen, die nichts mit Mathematik oder Schach zu tun hatten. Anders als der ordentliche, disziplinierte, gepflegte Mladen war Ljubo extrem schlampig und entsprach damit vollkommen dem Klischee des gedankenverlorenen Mathematikers. Seine Handschrift war so unleserlich, dass er bei Klassenarbeiten manchmal nur deswegen eine schlechte Note bekam, weil der Lehrer seine genialen Lösungen komplizierter Gleichungen nicht entziffern konnte. Unter dem Einfluss der romantisierenden Mythen des Unkonventionellen (Bukowski! Sex Pistols! Warhol!) erschien mir seine Unfähigkeit, in der Realität zu funktionieren, die für uns andere galt, als Ausweis des wahren Genies – am Ende, dachte ich, wird er sich als der wahrhaft große Geist unter uns herausstellen.

In unserem letzten Schuljahr beschloss Mladen, seine Zeit nicht mehr damit zu verplempern, mit Stümpern wie uns Blindschach zu spielen und Trotteln wie mir komplizierte Kurven zu erklären. Er bestand die Abschlussprüfung, ging auf die Universität und verschwand in den Niederungen eines pflichtbewussten Lebens. Die übrigen Gemüsehändler mussten mühsam für das Abitur pauken, nur um anschließend zum einjährigen Militärdienst eingezogen zu werden.

Für Ljubo, der viel zu chaotisch war, um – wie Mladen – den Militärdienst zu umgehen, war es eine schreckliche Zeit. Er kehrte ziemlich gebeutelt aus der Armee zurück, bestand aber alle Matheprüfungen in seinem ersten Studienjahr. Probleme hatte er nur in Geometrie, weil er saubere Kurven zeichnen musste. Unrasiert und ungewaschen, erschien er zur Prüfung, das zerknitterte Hemd hing ihm halb aus der Hose, in der Hand ein kaputtes Lineal und einen stumpfen Bleistift. Seine Kurven stellten mehr als nur euklidische Räume dar, sie waren Ausdruck seiner wirren Psyche.

Und schon bald entwickelte er eine ausgewachsene Schizophrenie. Ein paarmal landete er in Jagomir, einer düsteren Irrenanstalt am Stadtrand von Sarajevo. Ich selbst habe ihn dort nie besucht, aber einige meiner Klassenkameraden fuhren hin. Sie kehrten zurück mit grauenhaften Geschichten von winzigen Zimmern voller Patienten, die imaginären Gästen imaginären Kaffee servierten oder wehklagend in der Ecke saßen. Ljubo entwickelte lange und komplizierte Verschwörungstheorien und spottete über seine Klassenkameraden, die die offensichtlichen Zusammenhänge nicht verstanden. Anders als er hatten sie keine inneren Stimmen, die sie durch sein chaotisches Innenleben führten. Hilflos und verwirrt hörten sie ihm zu.

Als er in sein Elternhaus zurückkehrte, bat uns seine Mutter einmal, herüberzukommen, um mit ihm zu sprechen und ihn aufzumuntern. Wir sieben, seine Schulfreunde, klingelten schüchtern, kicherten verunsichert und überreichten seiner Mutter eine Packung Konfekt. Sie bot uns Cola und ein paar Kleinigkeiten an, als wären wir auf einer Geburtstagsfeier, und ließ uns dann allein (wahrscheinlich lauschte sie an der Tür). Wir plapperten irgendwelche Belanglosigkeiten, weil es Ljubo nicht gutging und wir nicht wussten, was wir sagen sollten. Er war teilnahmslos und träge, stand unter starken Psychopharmaka. Und dann erzählte er uns eine seiner atemberaubenden Storys. Diesmal war es die wahre Geschichte von Aljechin, der laut Ljubo von Gott abstammte und daher über eine Art Schicksalsmacht verfügte, unverkennbar für all jene, die seine Partien korrekt analysiert hatten. Irgendwie war Aljechins Göttlichkeit auf Ljubo übergegangen, der nun also direkten Kontakt zu Gott hatte. Wir hätten ja keine Ahnung, sagte er, könnten uns keinen Begriff von den Dimensionen seiner noch unausgeübten Macht machen. Daraus entwickelte er dann seine Theorie, dass die wahren Großmeister – diejenigen von Aljechins göttlichem Kaliber – am Ende allesamt das Schachspielen aufgegeben hatten. Weil die Anzahl der Stellungen, wie groß auch immer, letztlich begrenzt sei, spielten die wahren Großmeister alle möglichen Kombinationen und stießen irgendwann an die Grenzen des Schachspiels. Dann werde es langweilig, da sie keine Spiele mehr spielen könnten. Fasziniert hörten wir Ljubo zu. Er fuhr fort: Wenn die Großmeister mit Schach aufhören, fangen sie an, umgekehrtes Schach zu spielen, bei dem es darauf ankommt, möglichst schnell zu verlieren – Sieger ist, wer als Erster verliert. Dieses Spiel heißt *bujrum,* was sich mit »Bitte, bedien dich!« übersetzen lässt und gern bei Tisch gesagt wird, damit die anderen zulangen. Man bietet also die eigenen Figuren dem Gegner an und versucht, möglichst schnell alle zu verlieren und sich selbst matt zu setzen. In meiner Kindheit hatte ich *bujrum* gespielt, ohne zu wissen, dass ich mich auf göttlichem Terrain bewegte. Alle Großmeister, sagte Ljubo, spielten inzwischen *bujrum,* selbst Bobby Fischer. Viele der größten *Bujrum*-Spieler seien unbekannt. Karpow und Kasparow (seinerzeit erbitterte Rivalen im Kampf um die Weltmeisterschaft) seien im Grunde armselige Stümper, die nicht imstande seien, die Grenzen des Schachs zu überschreiten und *bujrum* zu spielen.

Ljubo war so überzeugt von seiner Theorie, dass sie für einen Moment einleuchtend schien. Uns fiel kein Gegenargument ein, das sein psychotisches Denkgebäude auch nur ansatzweise ins Wanken bringen konnte. Grübelnd saßen wir da, bis seine Mutter mit Kuchen und Cola hereinkam. Wir griffen sofort zu, um nichts sagen zu müssen, und hofften, bald gehen zu können, aber Ljubos Mutter fand, dass die Party noch weitergehen sollte. Sie bat Ljubo, etwas auf dem Akkordeon für uns zu spielen. Folgsam griff er nach dem Instrument. Wir warteten, bis er den Tragegurt eingestellt hatte, und dann spielte er. Es waren die ersten Takte der

»Ode an die Freude«. Niemand von uns hatte damit gerechnet, dass er auf diesem verstimmten Akkordeon ausgerechnet Beethoven spielen würde. Es klang überhaupt nicht freudig. Bis heute ist Ljubos Interpretation des letzten Satzes von Beethovens Neunter das traurigste Stück, das ich je gehört habe. Seine Darbietung war für die Musik, was *bujrum* für das Schachspiel war – das genaue Gegenteil der »Ode an die Freude«. Wir waren wie gelähmt von den erschreckenden Möglichkeiten seiner Antimusik und seines Antischachs. Neben unserem Leben gab es also auch ein Antileben, das Ljubo führte und von dem wir erst durch seine Anti-»Ode an die Freude« erfuhren. Wir klatschten idiotisch Beifall, tranken unsere labbrige Cola aus, bedankten uns bei seiner Mutter und gingen nach Hause, wild entschlossen, künftig keine Angst vor Antimaterie und Dunkelheit mehr zu haben.

Nach meinem Umzug von Ukrainian Village nach Edgewater spielte ich im Atomic Café in Rogers Park Schach. Das war unweit des Artists-in-Residence-Hauses, wo ich ein winziges Studio gemietet hatte. Das Café war gleich neben dem 400 Movie Theater, wo man für wenig Geld ältere Filme sehen konnte und wo es nach Popcorn und permanent verstopften Toiletten roch. Im Sommer spielten die Leute Schach draußen im Freien, in den übrigen Monaten wimmelte es in dem Café von Studenten der nahegelegenen Loyola University, aber in einer Ecke saßen immer Schachbegeisterte. Hier trafen sich die Schachspieler von der North

Side. An Wochenenden konnte man mühelos zwölf Stunden am Stück spielen. Als ich im Frühjahr 1993 zum ersten Mal dort vorbeikam, sah ich mich kurz um und ging dann ins Kino. Am nächsten Tag ging ich wieder hin, in der Hoffnung, eine Partie spielen zu können. Ich beobachtete schüchtern die Szene und musste mein ganzes Selbstvertrauen mobilisieren, um die Einladung eines älteren Mannes anzunehmen, der sich als Peter vorstellte. Er sah ungepflegt aus, graue Haarbüschel in den Ohren, das Hemd spannte über dem Bauch, Umschläge steckten in der Brusttasche. Aus irgendeinem Grund roch er stark parfümiert. Aber so, wie man einen guten Fußballer an seiner Ballbehandlung erkennen kann, so verriet mir Peters Art, hochkonzentriert über den nächsten Zug mit all den sich daraus ergebenden Möglichkeiten nachzudenken, dass er ein guter Schachspieler war.

Ich weiß nicht mehr, wie meine erste Partie gegen ihn ausging, aber ich bin mir ziemlich sicher, dass ich verlor – meine letzte anspruchsvolle Partie war schon eine ganze Weile her. Ich ging nun regelmäßig in das Atomic Café, spielte oft mit Peter, den es nicht zu langweilen schien, dass er mich besiegte. Ich spielte auch mit anderen, schlug sogar manchen angesehenen Stammgast. Bald verbrachte ich ganze Wochenenden im Café, die ich nur unterbrach, um im Kino nebenan einen Film anzusehen.

Wie sich zeigte, war das Atomic Café ein Treffpunkt der unterschiedlichsten Schachtypen. Zwischen den Partien saß ich mit anderen Spielern herum, wir quatschten miteinander, ich stellte viele Fragen, wollte erfahren, wo sie herkamen, wie sie lebten. Es gab beispielsweise einen Vietnam-Veteranen, der mindestens seit dem Fall von Saigon Invalidenrente bezog. Sein Knie wippte oft wie verrückt, und er war stolz darauf, zu denen zu gehören, die den Vormarsch des Kommunismus in Südostasien aufgehalten hatten. Er spielte Schach, nahm Drogen und machte kaum etwas anderes. Einmal erzählte er, dass er während eines Acid-Trips das Gesicht unter fließendes Wasser gehalten hatte, um die einzelnen Wassertropfen zu studieren, deren molekulare Schönheit ihn völlig überwältigte. Marvin, der die Statur eines Footballspielers besaß, kam gelegentlich vorbei, um Schnellschach zu spielen. Er erledigte seine Gegner so blitzartig, dass niemand von uns Zuschauern verstand, was da passierte. Es gab einen brillanten indischen Computerfachmann, der in den wenigen Jahren, in denen ich das Café besuchte, wegen seiner Spielsucht mehrmals den Job verlor. Er versprach seiner Frau, dass er aufhören werde, konnte aber immer nur an Schach denken. Er kam noch immer zum Kiebitzen ins Café, lehnte aber alle Einladungen ab. Natürlich setzte ihn seine Frau am Ende vor die Tür. Er erzählte es mir bei seinem letzten Besuch. Er fuhr damals ein Taxi, das er vor dem Café parkte, um in einem grandiosen Rückfall den ganzen Tag zu spielen, ohne einen Gedanken an sein Taxi zu verschwenden. Alle meine Schachfreunde waren einsame Männer, die sich der schmerzhaft flüchtigen Schönheit des Spiels hingaben und nie auch nur in die Nähe des *bujrum* kamen.

Und dann gab es Peter. Wenn wir gegeneinander spielten, attackierte ich von allen Seiten, während er geduldig verteidigte und darauf wartete, dass ich einen Fehler machte, was natürlich irgendwann passierte, und dann wandelte er unweigerlich einen Bauern in eine Dame um. Bald musste ich mich geschlagen geben, was er immer schriftlich haben wollte. Wir redeten nicht viel während eines Spiels, nur zwischen den Partien, tauschten Informationen aus, entdeckten Gemeinsamkeiten. Er besaß eine Parfümerie im Viertel, was seinen starken, blumigen Parfümgeruch erklärte, der nicht so recht zu seiner ungepflegten Altmännererscheinung zu passen schien. Wir beide waren Einwanderer. Ich erzählte, dass ich in Sarajevo geboren und aufgewachsen war, woraufhin er nur »Tut mir leid« sagte. Er war Assyrer, aber geboren in Belgrad. Eines Abends, als wir nach einem langen Tag im Café nach Hause gingen, fragte ich ihn, wie es käme, dass er in Belgrad geboren sei. Seine Eltern, erzählte er widerstrebend, seien 1917 aus der Türkei geflohen, nach dem Massaker an den Armeniern seien für die wenigen Assyrer immer noch ein paar Kugeln übrig gewesen. Seine Eltern hätten es nach Belgrad geschafft, und deshalb sei er dort geboren. Ein paar Jahre später seien sie in den Irak gezogen, dort sei er aufgewachsen. Doch dann, als er in den Zwanzigern gewesen war, sei er mit dem Sohn des Premierministers aneinandergeraten (er nannte keine Einzelheiten oder

Gründe), so dass er nach Iran fliehen musste, weil sein Leben in Gefahr war. Er heiratete, bekam einen Sohn, war Angestellter der amerikanischen Botschaft in Teheran, was 1979, bei Ausbruch der islamischen Revolution, der denkbar schlechteste Arbeitsplatz war. In dieser chaotischen Situation wurde sein jeanstragender Sohn von Revolutionären angehalten und durchsucht. Er hatte Marihuana bei sich und wurde auf der Stelle erschossen.

Da saß ich also einem Assyrer namens Peter gegenüber, der in Chicago Restposten von »Eternity for Men« verkaufte und mich beim Schach schlug, ohne großes Vergnügen dabei zu empfinden, ein Mann, der in seinem Leben mehr gelitten hatte, als ich mir vorstellen konnte. Auf dem Heimweg erzählte er mir seine Lebensgeschichte, bevor wir nach wenigen Minuten auseinandergingen. Es gibt immer eine Geschichte, die schlimmer und herzzerreißender ist als die eigene. Und ich verstand, warum Peter mir so nahe war: Er gehörte ebenfalls zum Stamm der Heimatlosen. Ich hatte ihn unter all den Leuten erkannt, weil wir verwandt waren.

Ich erinnerte mich, wie er Wochen zuvor ein paar Studenten angefahren hatte, die am Nebentisch unentwegt plapperten, ohne auch nur einmal innezuhalten. Ich hatte mich über die idiotischen Floskeln geärgert, die sie ständig gebrauchten, konnte aber eben deswegen nicht weghören. Doch während ich, schon immer leicht abzulenken, das einfach hinnahm, explodierte Peter plötzlich: »Warum könnt ihr nicht mal still sein? Ihr redet und redet seit einer Stunde. Haltet endlich die Klappe!« Die Studenten schwiegen erschrocken. Ich konnte Peters Ausbruch gut verstehen – er beklagte nicht nur die Nachlässigkeit im Umgang mit Sprache, sondern auch die Gleichgültigkeit, die damit einherging. Für ihn, den Exilanten, war es moralisch verwerflich, über Nichtigkeiten zu reden, wenn es für all die Schrecken auf der Welt nicht genug Worte gab. Schweigen war besser, als über Belanglosigkeiten zu reden. Es galt, vor der Flut dahingeplapperter Wörter die innere Stille zu schützen, jenen Raum, wo die Mosaiksteinchen zu einem sinnvollen Ganzen zusammengefügt werden konnten, wo Gegner sich an Regeln hielten, wo es trotz allem vielleicht möglich war, aus der Niederlage einen Sieg zu machen. Die Studenten hatten natürlich keine Ahnung, wie es in Peter aussah. Sie waren gegen Sprachlosigkeit immunisiert, hatten also keinen Zugang zum Unsagbaren. Sie konnten uns nicht sehen, obwohl sie neben uns saßen, denn wir waren nirgendwo und überall. Also schwiegen sie, saßen wortlos da, standen schließlich auf und gingen. Peter und ich stellten die Schachfiguren für eine neue Partie auf.

Nach ein paar Jahren regelmäßiger Besuche im Atomic Café war ich recht gut für einen Stümper. Wenn ich ein wirklich guter Spieler werden wollte, müsste ich mir die Mühe machen, die Spiele der Großen zu studieren. Doch damit war nicht zu rechnen. Ich war nicht nur zu alt und faul, ich hatte auch nicht die Zeit dafür, denn ich musste Geld verdienen, um den Leib zu ernähren und zu kleiden, der mein Inneres umhüllte. Außerdem hatte ich, jahrelang eingeklemmt zwischen Muttersprache und Exilsprache und unfähig, in beiden zu schreiben, schließlich angefangen, auf Englisch zu schreiben. Damit erschloss ich mir einen neuen Raum, in dem ich Erfahrungen verarbeiten und Geschichten erfinden konnte. Schreiben war eine Möglichkeit, mein Inneres so zu ordnen, dass ich mich dorthin zurückziehen und es mit Worten anfüllen konnte. Mein Bedarf an Schachspielen war gedeckt, an seine Stelle trat das Schreiben.

Heute ist mir, als hätte ich die allerletzte Partie gegen meinen Vater gespielt, was vermutlich gar nicht stimmt, es war einfach die letzte, die mir wichtig war. Als ich meine Eltern 1995 in Hamilton/Ontario besuchte, forderte ich meinen Vater zu einem Spiel heraus. Meine Eltern waren in Kanada auf dem Tiefpunkt ihres Flüchtlingslebens angekommen. Geplagt von dem brutalen Klima, umgeben von einer Sprache, die ihnen fremd blieb, ohne Freunde und Verwandte, wurden sie regelmäßig von Heimweh und Hoffnungslosigkeit überwältigt.

Ich konnte ihnen nicht helfen. Während meiner Besuche stritten wir uns allzu oft. Ihre Verzweiflung ärgerte mich, weil sie der meinen glich und ihnen verwehrte, mich zu trösten – vermutlich wollte ich noch immer ihr Kind sein. Wir stritten uns über Kleinigkeiten, brachten uralte Konflikte und unvergessene Beleidigungen aufs Tapet, nur um uns wenig später wieder in die Arme zu fallen. Wir vermissten einander, selbst wenn wir zusammen waren, weil wir unser altes Leben vermissten. Nichts war mehr wie früher. Unsere gemeinsamen Unternehmungen in Kanada erinnerten uns an all das, was wir früher in Bosnien gemeinsam gemacht hatten. Es gefiel uns nicht, aber wir hatten nichts anderes. Ich verbrachte ganze Tage auf dem elterlichen Sofa (Spende eines freundlichen Kanadiers), guckte Wiederholungen von *Law & Order*, und wenn ich aus meinem TV-Koma auftauchte, hatte ich jedes Mal das Bedürfnis, jemanden anzuschreien, so wie Peter die armen Studenten angeschrien hatte.

An einem dieser elenden Tage forderte ich meinen Vater zu einer Partie Schach heraus. Ja, ich brannte darauf, ihn zu schlagen. Ich war durch die harte Schule namens Atomic Café gegangen und wollte nun, nachdem ich jahrelang nicht gegen ihn gespielt hatte, endlich aus seinem Schatten treten. Durch einen Sieg konnte ich das Ungleichgewicht zwischen uns ausgleichen und ihn spüren lassen, wie ich mich als Kind gefühlt hatte. Ich hielt ihm beide Fäuste hin, er nahm die mit der schwarzen Figur. Wir stellten die Figuren auf einem winzigen magnetischen Brett auf. Ich gewann, aber es bereitete mir keine Freude. Ihm auch nicht. Vielleicht hat er mich ja gewinnen lassen. Wenn es so war, habe ich es jedenfalls nicht gemerkt. Wir gaben uns schweigend die Hand, wie wahre Großmeister, und haben nie mehr gegeneinander gespielt.

In der Hundehütte

1995 lernte ich im Lehrerzimmer einer Berufsschule, an der ich Englisch als Fremdsprache unterrichtete, eines Tages L. kennen. Sie erzählte, dass Robert Bresson ihr Lieblingsregisseur sei. Da im Facets gerade eine Bresson-Retrospektive lief, schlug ich vor, uns gemeinsam *Pickpocket* anzusehen. Sie war einverstanden. Als sie auf dem Rückweg in ihr Klassenzimmer mit einem kleinen Satz über einen Stuhl sprang, schoss mir ein Gedanke – wenn man das so sagen kann – durch den Kopf: »Diese Frau werde ich heiraten.« Es war keine Entscheidung und auch kein Plan, es hatte nichts mit Begehren oder Seelenverwandtschaft zu tun. Es war nichts anderes als das Akzeptieren einer unausweichlichen Zukunft. Ich wusste, dass ich diese Frau heiraten würde, so wie ich nachts wusste, dass es Nacht war.

Wir sahen *Pickpocket* und später *Lancelot du Lac,* die völlig unromantische Geschichte von Lancelot und Guinevere – wenn die Ritter in ihren Rüstungen herumlaufen, hört man es klappern und stellt sich die wunden Körper darin vor. Anschließend gingen wir auf einen Drink in die Green Mill, wo ich sie an der Bar küsste. Sie stieg von ihrem Hocker und ging. Sie hatte einen Freund damals, den sie irgendwo auf einer Party fand, wo er zu einem wilden Song herumhopste. Sie holte ihn herunter auf den Boden der Tatsachen und machte Schluss. Und so begann unsere Beziehung. Anderthalb Jahre später zogen wir zusammen, zweieinhalb Jahre später machte ich ihr – natürlich beim Binden der Schnürsenkel – einen Antrag. Da sie mich nicht verstanden hatte, musste ich es noch einmal sagen. Ich hatte keinen Ring dabei, aber sie willigte ein.

Wir machten gemeinsame Unternehmungen. Wir reisten: Schanghai, Sarajevo, Paris, Stockholm. Ich brachte ihr Skifahren bei. Sie, gebürtige Chicagoerin, erzählte mir Geschichten von der Stadt, die ich sonst nie gehört hätte. Wir wohnten in einem Haus, wo es an der Tür klingelte, wenn man in der Küche an einer bestimmten Stelle kräftig auftrat. Wir kauften eine Wohnung mit zwei Kaminen. Wir hatten eine Katze, die starb. Einmal nahm sie vor dem Händewaschen ihren Ring ab, der daraufhin zu Boden fiel, immer weiterrollte und in einem Lüftungsgitter verschwand. Wir hielten uns für kultiviert und waren einander so zugetan, dass wir die Risse überdeckten, die sich schon bald zeigten.

Es dauerte ein paar Jahre, bis ich erkannte, dass wir die Bindung nicht hätten eingehen sollen, aber von meinen Eltern hatte ich die Vorstellung geerbt, dass die Ehe, wie so vieles andere in ihrem Leben, harte Arbeit war. Also stellte ich mir unsere Ehe als Bergwerk vor, in das man täglich einfährt, um nach einem wertvollen Metall zu graben. Eine funktionierende, lohnende Ehe hing ab von der Arbeit, die man in das Unternehmen steckte, der Zustand einfachen Glücklichseins wurde auf diese Weise in die Zukunft verschoben – wenn wir immer weitergruben, würden wir eines Tages glücklich sein. Aber vielleicht war das Metallvorkommen so spärlich, dass es für uns beide gar nicht reichte, und am Ende eines jeden Arbeitstages war ich wütend und erschöpft. Bald hielten wir die einigermaßen ruhigen Phasen zwischen unseren destruktiven Kämpfen für das Metall des Glücks. Das Nichtkämpfen betrachteten wir als Sinn und Zweck unserer Ehe. Unsere mühsamen Versöhnungsversuche nahmen wir als Ausdruck unserer Liebe. Statt mit Zuneigung und Wärme begegneten wir einander mit Versöhnungsgesten oder Aggression – manchmal irritierenderweise beidem gleichzeitig. Ich hatte häufig Wutanfälle, Ausbrüche tiefsitzender Verletzungen, mit denen ich hasserfüllt um mich warf wie mit Küchenabfällen.

Trotz allem kam das Ende meiner ersten Ehe unerwartet, weil Schmerz und Kummer Gewohnheit geworden waren, eine Nebenwirkung der täglichen Schinderei im Bergwerk. Immer wieder wollte ich mich L. gegenüber rechtfertigen, ihr beweisen, dass mich keine Schuld treffe, im Gegenteil, dass ich derjenige sei, dem Unrecht geschehe, der mehr zu leiden habe. Es endete schließlich auf dem Höhepunkt des ich weiß nicht wievielten Streits, der an sich gar nicht spektakulär war. Unsere Auseinandersetzungen verliefen nach einem eingeübten Muster, das stets darauf hinauslief, dass ich herumbrüllte und mit Gegenständen um mich warf.

Normalerweise folgte dann eine Phase furchtbarer Schuldgefühle meinerseits, weil ich die Beherrschung verloren und L. abermals verletzt hatte – zum Schluss verbanden uns nur noch Schuldgefühle. Diesmal schoss mir während der Szene ein Gedanke (wenn das das richtige Wort ist) durch den Kopf: Ich mache nicht mehr mit. Ich wollte L. nichts mehr erklären oder beweisen. Es lohnte sich nicht, es noch einmal zu versuchen, zu kämpfen. Es war wie in einer Zen-Geschichte: Ich war plötzlich vollkommen leer, aller Zorn und alle Liebe waren von mir gewichen. Mein Bergarbeiterleben war in weniger als einer Minute zu Ende. An diesem Abend im Januar 2005 fuhr ich L. durch ein Meer von Tränen zu ihrer Mutter nach Indiana und kehrte in unsere leere Wohnung zurück.

Am Ende einer Ehe steht der schwerfällige Tanz der Auflösung. Der Anblick der kalten Kamine war mir so unerträglich, dass ich schon bald nach einem möblierten Quartier suchte, wo ich unterkommen konnte, bis alles geregelt war. Meine Mittel waren begrenzt, die Wohnungen, die ich mir ansah, entsprechend heruntergekommen. Jedes dieser grauenhaft möblierten Apartments wurde mir von einem Verwalter gezeigt, der für Leute, die solche Wohnungen in Betracht zogen, nur Verachtung übrighatte. Jedes Mal betrat man eine Welt trostloser Einsamkeit. Ein Studio in der vornehmen Goldküste sah aus, als wäre dort gerade jemand ermordet worden und die Hausverwaltung hätte freundlicherweise die blutbespritzten Wände streichen lassen.

Am Ende entschied ich mich für ein Studio in der obersten Etage eines dreigeschossigen Hauses in der North Side. Die Hausbesitzerin – nennen wir sie Mary – wohnte in der zweiten Etage. Sie war eine auf Adoptionen spezialisierte Anwältin. Sie zeigte mir Fotos von glücklichen Paaren und Kleinkindern, die etwas verunsichert in ihrer neuen Umgebung auf einem Adoptivschoß saßen. Mary erschien mir als großzügige Frau, die gestrandeten Kreaturen, ob Hund oder Mensch, mit Verständnis begegnete. Sie stellte kaum Fragen und interessierte sich nicht für meine finanziellen Verhältnisse. Ich stellte sofort einen Scheck aus, den sie mit den Worten in Empfang nahm, dass ich hoffentlich nichts gegen Hunde hätte, denn sie habe mehrere und engagiere sich in einem Tierheim. Ich gab mich als Hundefreund zu erkennen, erzählte von Mek. Sie machte Ah und Oh. Ihr Haus schien für meine bevorstehenden Anfälle von Selbstmitleid genau das Richtige zu sein.

Ich fuhr zurück in die alte Wohnung, packte ein paar Koffer, die ich in meinen Honda Civic lud, und fuhr nach Westen in den Sonnenuntergang.

Hank Williams' *40 Greatest Hits* war eine der wenigen Kassetten, die damals in meinem Auto herumlagen und die ich bei jeder Fahrt hörte. Jemandem, der ein neues Leben beginnt, kann fast alles bedeutsam oder schicksalhaft erscheinen, weshalb ich mich auf dem Weg zu Marys *mansion on the hill* natürlich als der *ramblin' man* sah, von dem der olle Hank sang.

Der Dunst des Bedeutungsschwangeren konnte jedoch nicht verhindern, dass mir in Marys Haus schon bald ein unerträglicher Gestank auffiel. Ich fragte mich, ob ich bei meinem ersten Besuch irgendetwas gerochen hatte, konnte mich aber nicht erinnern, dass mir etwas Unangenehmes in die Nase gestiegen war. Ich versuchte, den Gestank zu analysieren, als wäre er, sobald erkannt, erträglicher – eine verbreitete Illusion. Neben Hundescheiße und Hundepisse gab es weitere irritierende Ingredienzen: ganz allgemein schlechte Luft, scharfe Katzenpisse (denn es existierten auch Katzen im Haus), Kaffee, ein Hauch von Desinfektionsmittel. Am stärksten roch es nach billigem Hundefutter in Kombination mit Frittierfett, so als würde Mary das Zeug für ihre Köter frittieren.

Ich dachte, ich könnte mich an den Gestank gewöhnen, aber es wurde mit jedem Tag schlimmer. Einmal war es so unangenehm, dass ich in den nächsten Supermarkt lief, um extravagante Raumsprays zu kaufen. Eingedenk der zu erwartenden Scheidungskosten griff ich jedoch zu Air Wick, Sorte Apfel und Geißblatt, die den Kadavergestank im Haus vertreiben sollten. Zuerst war nur süßlicher Geruch in meinem Studio, doch nach einer Weile verbanden sich die beiden Aromen. Dieser Mix aus frittiertem Hundefutter, Apfel und Geißblatt war ein olfaktorisches Erlebnis, das ich hoffentlich nie wieder haben werde.

Und dann sah ich die leibhaftigen Hunde. Auf dem Weg zur Waschküche wurde ich von drei stolzen Kötern abgefangen. Zwei waren fett und hatten trübe Augen, der dritte war klein, mager, fickerig und sofort als Sexmaniac zu erkennen – er trieb es auch sofort mit meinem Schienbein. Mary stellte mir ihre Hunde vor. In Erinnerung ist mir nur noch der Name des größten – Kramer. Auf dem Rückweg von der Waschküche folgten sie mir, und während ich mein Studio betrat, hatte Kramer schon vor die Türschwelle gepisst.

Fast jedes Mal, wenn ich zur Waschküche hinunterstieg, musste ich zwischen Kothaufen und Urinlachen Slalom laufen, und natürlich kamen mir irgendwann die Hunde entgegen. Manchmal wurde das Trio von einem neuen räudigen Köter verstärkt, den Nachbarn im Hof, der als provisorisches Hundeheim diente, ausgesetzt hatten. Neue Köter kamen und gingen, aber Kramer und Skinny Fuck (wie ich dieses reizende kleine Geschöpf nannte) und Number Three waren die Stammbesatzung.

Jeder hatte seinen eigenen Charakter. Kramer war der Boss, Skinny Fuck mager und fickerig, Number Three langsam und träge. Wenn ich nachts schlaflos im Bett lag, konnte ich sie an ihrem Bellen und Heulen mühelos erkennen. Ihre Darbietung begann meist mit einem Chorstück, ausgelöst von einem vorbeifahrenden Bus, nach Mitternacht war es gewöhnlich eine Abfolge von Solostücken. Number Three hielt mich stundenlang mit seinem trägen Kläffen wach. Skinny Fuck war um zwei Uhr nachts genauso erregt wie zu jeder anderen Tageszeit, und Kramer übernahm die Frühschicht. Sein tiefes, unablässiges Gebell machte mich so verrückt, dass ich alle drei in meiner Fantasie der Reihe nach kreuzigte. Ein-, zweimal musste ich an Mek und seine ruhige Art denken – wie er die Augen aufriss, wenn mein Vater ihm etwas ins Ohr flüsterte, oder wie er einem den Kopf auf den Oberschenkel legte, einfach so.

Kramer dagegen war meine Nemesis. Er schnupperte an mir, sooft ich vorbeikam, oder erledigte verächtlich sein Geschäft vor meiner Tür, nur um klarzumachen, wer Herr im Haus war. Mary sprach gelegentlich von einem Ehemann, aber die Post war stets an sie adressiert, und einen Mann habe ich nie im Haus gesehen oder gehört. Man konnte sich auch gar nicht vorstellen, dass irgendjemand – abgesehen von Mary und mir (dank der zweifelhaften Unterstützung von Apfel und Geißblatt) – den Gestank ertrug. An Marys mysteriösen Mann musste ich denken, als ich eines Tages an ihrer Wohnung vorbeikam, die Tür sperrangelweit geöffnet, und Kramer im Eingangsbereich wie ein Grenzwächter in Arizona patrouillierte. Ich hatte die Wohnung noch nie von innen gesehen. Wenn ich die Miete bezahlen oder Mary etwas fragen wollte, öffnete sie die Tür immer nur einen Spaltbreit, weil sie nicht wollte, dass die Hunde hinausliefen. Ich war unterwegs zu einem wohlriechenden Coffee Shop, in dem ich schreiben wollte, doch die weit geöffnete Tür irritierte mich. Vom Treppenhaus her rief ich »Mary«!, weil ich befürchtete, Kramer würde mir an die Gurgel springen, wenn ich eintrat, doch es kam keine Antwort. Skinny Fuck lag auf dem Sofa, ausgestreckt auf einem Stapel Wäsche und zufrieden gähnend. *Mary!* In meiner Fantasie sah ich ihre Leiche, schon ein wenig angeknabbert, in der Küche liegen. Vorsichtig trat ich ein, Kramer dicht hinter mir her. Rechts war das Schlafzimmer, vom Bett her starrte mich ein unbekannter Köter an. Die Wohnung war übersät mit schmutziger Wäsche, alten Zeitungen und Gutscheinen, Lebensmittelkartons und undefinierbarem Zeug. Ein Toter konnte durchaus irgendwo in der Wohnung versteckt liegen und vor sich hingammeln, den Hunden war der frische Leichnam gewiss lieber als die frittierte Scheiße. Marys Apartment sah aus wie eines dieser Häuser, die nach dem Tod des Besitzers komplett abgerissen werden müssen, weil sie, unmöglich zu reinigen, ein Gesundheitsrisiko darstellen. Ich ging weiter hinein, aufmerksam beobachtet von Kramer, der vermutlich überzeugt war, dass ich mühelos ausgeschaltet werden konnte, falls ich irgendwelche kompromittierenden Dinge in seinem Reich finden würde. Auf einem Küchenschrank hockten Katzen und starrten auf zwei Vögel in einem Käfig. Number Three lag auf dem Küchenfußboden, der ebenfalls von Unrat bedeckt war – dreckiges Geschirr, angeschimmelte Tupperware-Dosen, schmutzige Wäsche und undefinierbare Dinge –, der Herd unter einem Berg von Tiegeln und Töpfen begraben, Katzenstreu, das ich riechen, aber nicht sehen konnte. Inzwischen war mir richtig übel. Ich hatte das Zentrum des Gestanks entdeckt, aber keine Leichen gefunden und wollte auch nicht weiter nachforschen, sollten die Nachbarn und die Polizei sich darum kümmern. Ich verließ das Haus.

Auf der Fahrt zu dem Coffee Shop, wo ich ein wenig schreiben wollte, legte ich die Hank-Williams-Kassette ein, und natürlich erklang dann »Move It on Over«. Mein neues Leben wurde völlig von Hunden bestimmt. Ich bezeichnete mein Studio als Hundehütte. Freunde fragten mich oft, warum ich nicht schon längst ausgezogen sei – worauf ich keine Antwort hatte, ich weiß es bis heute nicht, vielleicht war es ein besonders schwerer Fall von Katastropheneuphorie. Ich sprach von Hundetagen, Hundeleben, vor die Hunde gehen, Hundehütte, auf den Hund gekommen. Sogar die Tatsache, dass es um die Ecke einen Schnellimbiss gab, wo man gute Hot *Dogs* bekam, erschien mir bedeutsam. Natürlich sah ich mich in dem Song »Move It on Over«, in dem Hank um halb elf nach Hause kommt und feststellen muss, dass seine Frau ihn ausgesperrt hat: *She changed the lock on our front door. / My door key don't fit no more.* Er beschließt also, die Nacht in der Hundehütte zu verbringen, und singt: *Move over skinny dog, fat dog's moving in.* Ich fühlte mich nicht viel anders, das war doch auch meine Erfahrung: *This dog house shared is mighty small / But it's better than no house at all.*

Alles auf sich zu beziehen ist natürlich eine schmeichelhafte Form von Selbstmitleid (als ob es eine andere gäbe), zu der ich schon immer geneigt habe. Ich war so einsam, dass ich hätte heulen können. Ich hatte den Blues. Ich war ein Mensch ohne Zuhause, mutterseelenallein, von niemandem geliebt – ich war der Protagonist vieler Songs von Hank Williams. Doch an dem Tag, als ich Marys Wohnung betrat und den Albtraum ihres Lebens sah, hatte ich eine Offenbarung: Ich war ein Loser, der es für den Inbegriff von Freiheit hielt, aus Koffern zu leben und Raumspray der Sorte Apfel und Geißblatt einzuatmen.

Als ich nach einem lausigen Tag im Coffee Shop in meine Hundehütte zurückkehrte, war die Tür von Marys Apartment geschlossen. Ich hörte sie mit Kramer und seinen munter bellenden Freunden sprechen. Auch eine Männerstimme war zu hören, vielleicht war es ihr Ehemann. In meinem Studio sah ich die ganze Verwahrlosung, die von meinem Single-Dasein Besitz ergriffen hatte. Überall lagen Sachen herum, haufenweise Fast-Food-Schachteln, Zeitungen, zerfledderte Bücher, geöffnete Koffer und wackelige CD-Türme. Schmutziges Geschirr im Spülbecken, dicke Fliegen schwirrten wie Bussarde über dem Küchentisch, der sich zum Mittelpunkt eines neuen Ökosystems entwickelte. Überall Haare im Badezimmer, die Toilettenschüssel mit einem ekelhaft gelbbraunen Rand. Ich war ganz unten angekommen.

Das Gute ist, dass es dann nur noch aufwärtsgehen kann. In dieser Zeit lernte ich Teri kennen. Sie hatte per E-Mail angefragt, ob ich für ein von ihr herausgegebenes Fotobuch mit dem Titel *Chicago in the Year 2000* etwas schreiben würde. Ende Februar 2005 trafen wir uns zu einer Besprechung. In meiner Schusseligkeit hatte ich angenommen, dass es sich bei Teri um einen Mann handelte, doch als eine hochgewachsene, attraktive Frau mich in ihrem Büro begrüßte, erkannte ich sie sofort und unzweifelhaft als *die Frau, die ich liebe.* Während unserer Besprechung sah ich, wie perfekt ihr Gesicht funktionierte. Ich versuchte, in ihrem Büro Informationen über sie zu entdecken. An ihrem Bildschirm klebte eine Ultraschallaufnahme eines Fötus (von ihrer Schwester, wie sie berichtete); während sie mir die für das Buch geplanten Fotos zeigte, hielt ich Ausschau nach einem Ehering an ihren Fingern. Ich war mit all ihren Ideen einverstanden und schlug vor, die Besprechung in einem Lokal fortzusetzen, und fand mich sehr clever.

Bevor ich Teri kennenlernte, hatte ich mir vorgenommen, mein neues Junggesellendasein mit gedankenlosen Affären auszufüllen. Ich war wild entschlossen, mich für die vergeudete Zeit der Treue gegenüber L. schadlos zu halten. In Gedanken ging ich meine Lesereisen und Auftritte bei Literaturfestivals durch, um mich all der Frauen zu entsinnen, die mir ihr Interesse an einem (kurzen) sexuellen Abenteuer signalisiert hatten. »Wissen Sie noch? Vor sechs Jahren haben wir einen intensiven Blick gewechselt, doch dann habe ich weggeschaut«, würde ich sagen. »Aber jetzt bin ich wieder da, mit Begehren im Herzen und Kondomen in der Tasche.« Dieses Vorhaben gab ich ein für alle Mal auf, weil ich mich so schnell und so heftig in Teri verliebte, dass ich mir sofort überlegte, was zu tun war, damit ich den Rest meines Lebens mit ihr verbringen konnte. Zuallererst musste ich mir neue Klamotten besorgen. Kaum hatte ich ihr Bürogebäude verlassen, kaufte ich ein neues, modisches Sakko, das einem charmanten jungen Schriftsteller vermutlich sehr viel besser stand als einem beschäftigungslosen Bergarbeiter.

Wir flirteten per E-Mail. Ich erklärte ihr sofort meine persönliche Situation, um nicht für einen Hallodri gehalten zu werden. Sie erzählte, dass ihre Großeltern mit Duke Ellington befreundet gewesen waren. Ich schickte ihr eine CD mit Rosemary Clooney und dem Duke Ellington Orchestra. Rasch schrieb ich meinen Beitrag für *CITY 2000* mit dem Titel »Warum ich nicht aus Chicago weggehen will – eine unvollständige Liste von Gründen«. Nicht auf der Liste stand, dass Chicago sich nun dadurch auszeichnete, dass Teri dort lebte.

Unser erstes offizielles Date fand im Silver Cloud statt, einer Bar in Bucktown. Verabredet waren wir um Mitternacht, wie im Märchen. Irgendwann ging ich zur Toilette, und als ich wieder herauskam, lief gerade »Here Comes Your Man« von den Pixies. Genau der richtige Song, zu dem ich in meinem Sakko selbstbewusst auf Teri zuschlenderte. Sie fuhr mich nach Hause, ich küsste sie. Jede Zelle in mir – und auch noch andere, die ich längst für abgestorben gehalten hatte – wollte die Nacht mit ihr verbringen, aber ich wusste, dass ich sie nie mehr sehen würde, wenn sie das frittierte Hundefutter roch, die Schamhaarkringel im Badezimmer sah, ihre zarten Füße die Verwahrlosung betraten, in der ich versunken war. Tags darauf würde ich für ein paar Wochen nach Sarajevo reisen, und schon jetzt fehlte sie mir, doch ich bat sie nicht herauf.

Es war die klügste Entscheidung meines Lebens. Bald darauf zog ich in ihre Wohnung in Ukrainian Village. Sie hatte einen Hund namens Wolfie, der unter keinen Umständen auf ihr Bett durfte. Ein Jahr später verlobten wir uns. Ein weiteres Jahr später heirateten wir.

Das Aquarium

Am 15. Juli 2010 brachten meine Frau Teri und ich unsere jüngere Tochter Isabel zur routinemäßigen Vorsorgeuntersuchung. Sie war neun Monate alt und schien bester Gesundheit zu sein. Die ersten Zähne waren herausgekommen, und nun saß sie mit uns am Esstisch und schaufelte munter Reisflocken in sich hinein. Sie war ein heiteres Kind, das seine fröhliche Art, wie scherzhaft angemerkt wurde, unmöglich von dem mürrischen Vater haben konnte.

Teri und ich gingen immer gemeinsam zu den Arztterminen unserer Kinder, und diesmal nahmen wir auch Ella mit, Isabels große Schwester, die fast drei war. Die Sprechstundenhilfe in Dr. Armand Gonzalez' Praxis maß Isabels Temperatur, notierte Gewicht, Größe und Kopfumfang. Ella war heilfroh, dass ihr diese Tortur erspart blieb. Dr. G., wie er bei uns hieß, prüfte Isabels Atmung, sah sich Augen und Ohren an. Er lud Isabels Daten auf seinen Computer – sie war etwas untergewichtig, die Körpergröße war im üblichen Bereich. Alles schien in Ordnung zu sein, bis auf den Kopfumfang, der zwei Maßeinheiten über dem normalen Wert lag. Dr. G. schaute besorgt. Er wollte aber keine Kernspintomographie machen und schlug daher für den nächsten Tag eine Ultraschalluntersuchung vor.

Abends war Isabel unruhig und quengelig. Sie konnte nicht einschlafen. Wenn wir nicht bei Dr. G. gewesen wären, hätten wir einfach Übermüdung vermutet, doch nun sahen wir alles mit einem anderen, besorgteren Blick. Ich nahm sie und ging mit ihr in die Küche (sie hatte immer bei uns geschlafen) und sang ihr mein ganzes Schlafliedrepertoire vor – »You Are My Sunshine«, »Twinkle, Twinkle, Little Star« und ein Mozart-Lied, das ich als Kind gelernt hatte und dessen bosnischer Text mir wundersamerweise in Erinnerung geblieben war. Diese drei Lieder, endlos wiederholt, brachten gewöhnlich den gewünschten Erfolg, doch diesmal dauerte es eine Weile, bis sie den Kopf an meine Brust legte und sich allmählich beruhigte. Es schien, als wollte sie mich trösten und mir sagen, dass alles gut sei. In meiner Nervosität stellte ich mir vor, dass ich mich eines Tages an diesen Moment erinnern und anderen Leuten erzählen würde, wie Isabel mich beruhigt hatte. Meine Tochter hat sich um mich gekümmert, würde ich sagen, obwohl sie erst neun Monate alt war.

Am nächsten Morgen wurde die Ultraschalluntersuchung gemacht. Isabel lag während der ganzen Prozedur weinend in Teris Armen. Wir waren kaum nach Hause zurückgekehrt, als Dr. G. anrief und sagte, dass Isabel einen Wasserkopf habe und sofort ins Krankenhaus müsse – es sei dringend.

Das Untersuchungszimmer im Chicagoer Kinderkrankenhaus, in dem die Computertomographie stattfinden würde, war abgedunkelt, und die Ärzte hofften, Isabel würde bald einschlafen, um sie nicht in Narkose versetzen zu müssen. Sie durfte nichts essen, weil im Anschluss eventuell ein Kernspin gemacht werden musste, und so brüllte sie die ganze Zeit vor Hunger. Eine Ärztin gab ihr ein buntes Windrad, das wir immer wieder in Drehung versetzten, um sie abzulenken. Während des Scans warteten wir unruhig und ängstlich.

Dr. Tomita, der Chef der Kinderneurochirurgie, zeigte uns die Aufnahmen. Isabels Gehirnkammern waren vergrößert, voller Flüssigkeit. Die Dränagekanäle seien verstopft, sagte Dr. Tomita, möglicherweise durch eine »Wucherung«. Es müsse dringend eine Magnetresonanztomographie gemacht werden.

Teri hielt Isabel in den Armen, während sie in künstlichen Schlaf versetzt wurde, und dann übergaben wir sie den Schwestern zur MRT, die eine Stunde dauerte. Die Cafeteria im Kellergeschoss war der allertraurigste Ort der Welt mit ihrem tristen Neonlicht und den grauen Resopaltischen und den diffusen Ahnungen derjenigen, die sich für einen Moment von ihren kranken Kindern getrennt hatten, um ein getoastetes Käsesandwich zu essen. Wir wagten es nicht, über das Ergebnis der MRT zu spekulieren, waren ganz in diesem Moment, der, so schrecklich er war, noch nicht in die Zukunft wies.

Dann wurden wir in die Radiologie gerufen. Auf dem hell erleuchteten Flur kam uns Dr. Tomita entgegen. »Wir vermuten«, sagte er, »dass Isabel einen Tumor hat.« Er zeigte uns die Aufnahmen auf seinem Computer. Mitten in Isabels Hirn, zwischen Kleinhirn und Hypothalamus, war ein rundes Etwas, groß wie ein Golfball, wie Dr. Tomita sagte, aber für Golf hatte ich mich noch nie interessiert, und ich konnte mir auch nicht vorstellen, was das bedeutete. Dr. Tomita würde den Tumor entfernen, doch erst die pathologische Untersuchung würde ergeben, um welche Art Tumor es sich handelte. »Es sieht wie ein teratoider aus«, sagte Dr. Tomita. Auch das Wort teratoid sagte mir nichts. Es lag außerhalb meiner Erfahrungen, gehörte in den Bereich des Unvorstellbaren und Unbegreiflichen, in den Dr. Tomita uns nun führte.

Isabel schlief im Aufwachraum, reglos, unschuldig. Teri und ich küssten ihre Hände und Stirn und weinten in diesem Moment, der unser Leben in ein Vorher und ein Nachher teilte. Das Vorher lag nun unwiderruflich hinter uns, während sich das Nachher wie ein explodierender Stern in einem unendlich dunklen Schmerzensuniversum ausbreitete.

In meiner Ratlosigkeit, was dieses Wort bedeuten mochte, das Dr. Tomita verwendet hatte, gab ich im Internet das Stichwort »Hirntumor« ein. Dort war ein Tumor abgebildet, der so ähnlich aussah wie der von Isabel. Die vollständige Bezeichnung lautete »atypischer teratoider/rhabdoider Tumor« (ATRT). Dieser Tumor war äußerst bösartig und sehr selten, trat bei drei Kindern von einer Million auf und machte etwa drei Prozent der frühkindlichen Tumorvarianten des zentralen Nervensystems aus. Die Überlebensrate bei Kindern unter drei Jahren betrug weniger als zehn Prozent. Es gab noch deprimierendere Statistiken, doch ich wandte mich vom Bildschirm ab und beschloss, nur mit Isabels Ärzten zu sprechen und ihnen zu vertrauen. Nie wieder würde ich im Internet recherchieren. Ich ahnte, dass wir klug mit unserem Wissen und unserer Fantasie umgehen mussten, wenn wir nicht den Verstand verlieren wollten.

Am Samstag, dem 17. Juli, setzten Dr. Tomita und sein Team ein Ommaya-Reservoir in Isabels Kopf ein, um die angestaute Hirnflüssigkeit abzuleiten und den Druck zu verringern. Als Isabel in ihr Bettchen auf der neurochirurgischen Station gelegt wurde, strampelte sie sich von ihrer Decke frei, wie es ihre Gewohnheit war. Wir nahmen das als gutes Zeichen, als einen ermutigenden ersten Schritt auf einem langen Weg. Am Montag wurde sie entlassen, um zu Hause auf die Tumoroperation zu warten, die für Ende der Woche angesetzt war.

Teris Eltern waren nach Chicago gekommen, weil ihre Schwester am Tag von Isabels Check-up ihren zweiten Sohn geboren hatte (wir hatten dem Ereignis kaum Aufmerksamkeit geschenkt, da wir nur an Isabel denken konnten). Ella hatte das Wochenende bei den Großeltern verbracht und wenig bemerkt von der Unruhe oder unserer Abwesenheit. Dienstagnachmittag schien die Sonne, wir machten alle einen Spaziergang, Isabel in einem Tragetuch an Teris Brust. Am Abend fuhren wir eiligst in die Klinik, weil sie Fieber bekommen hatte. Möglicherweise war es eine Infektion, was nicht selten ist, wenn einem Kind ein Fremdkörper in den Kopf eingesetzt wird – in diesem Fall die Ommaya.

Isabel bekam Antibiotika, ein, zwei Scans wurden gemacht und die Ommaya entfernt. Am Mittwochnachmittag verließ ich das Krankenhaus und fuhr nach Hause, um bei Ella zu sein, da wir ihr versprochen hatten, mit ihr einen Bauernmarkt in unserem Viertel zu besuchen. Inmitten der ganzen Katastrophe war es wichtig, dass wir unsere Versprechen hielten. Wir kauften Blaubeeren und Pfirsiche und auf dem Nachhauseweg in unserer Lieblingsbäckerei supergute Cannoli. Ich sprach mit Ella über Isabels Krankheit, über ihren Tumor, und erklärte ihr, dass sie bei den Großeltern übernachten müsse. Sie klagte nicht und weinte nicht. Sie verstand, so gut eine Dreijährige verstehen konnte, in welch schwieriger Lage wir waren.

Ich war auf dem Weg zum Auto, um mit den Cannoli ins Krankenhaus zu fahren, als Teri anrief. Isabels Tumor blute, sie müsse schnellstens operiert werden. Dr. Tomita wolle mit mir sprechen, bevor er in den OP gehe. Ich brauchte fünfzehn Minuten bis zum Krankenhaus, raste durch den Verkehr wie durch eine andere Welt, eine andere Raum-

Zeit, wo niemand über die Straße rannte und kein Kinderleben in Gefahr war, keine Katastrophe drohte.

Im Krankenzimmer, noch immer die Packung Cannoli in der Hand, fand ich Teri weinend bei der bleichen Isabel sitzen. Dr. Tomita war da, die Aufnahmen von der Blutung hingen am Schirm. Offenbar hatte sich der Tumor, nachdem die Hirnflüssigkeit abgezogen war, in den frei gewordenen Raum ausgebreitet, und dabei waren die Blutgefäße geplatzt. Die einzige Hoffnung war, den Tumor umgehend zu entfernen, doch es bestand das Risiko, dass Isabel zu Tode bluten würde. Dr. Tomita wies darauf hin, dass ein Kind in ihrem Alter nur rund einen halben Liter Blut im Körper habe und eine permanente Transfusion vielleicht nicht reichen würde.

Bevor wir Isabel in den OP-Bereich folgten, legte ich die Cannoli in den Kühlschrank in ihrem Zimmer. Der Egoismus dieser vorausschauenden Handlung löste sofort ein schlechtes Gewissen bei mir aus. Erst später wurde mir bewusst, dass dieser absurde Akt mit einer verzweifelten Hoffnung zu tun hatte: Die Cannoli konnten für unser Überleben notwendig sein.

Die Operation sollte vier bis sechs Stunden dauern. Dr. Tomitas Assistent wollte uns auf dem Laufenden halten. Wir küssten Isabels pergamentbleiche Stirn und sahen zu, wie sie von einer Bande maskierter Fremder in das Unbekannte geschoben wurde. Stumm saßen wir da und weinten immer wieder. Wir aßen von den Cannoli, um etwas im

Magen zu haben – seit Tagen hatten wir kaum geschlafen und wenig gegessen. Das Licht im Zimmer wurde heruntergedimmt. Wir saßen auf einem Bett hinter einem Vorhang, ungestört, weit entfernt von der Welt von Bauernmärkten und Blaubeeren, in der Kinder geboren wurden und lebten und wo Großmütter ihre Enkelinnen ins Bett brachten. Noch nie hatte ich mich einem Menschen so nahe gefühlt wie an diesem Abend meiner Frau.

Irgendwann nach Mitternacht kam Dr. Tomitas Assistent und berichtete, dass die Operation gut verlaufen sei. Wir trafen Dr. Tomita vor dem Wartezimmer, in dem andere Eltern auf unbequemen Sofas schliefen, von anderen Albträumen geplagt. Er glaubte, den Tumor weitgehend entfernt zu haben. Isabel gehe es gut, sie werde bald auf die Intensivstation verlegt, wo wir sie besuchen könnten. Dieser Moment ist mir als ein relativ glücklicher in Erinnerung – Isabel lebte. Nur das zählte. Wir konnten nur hoffen, den nächsten Schritt zu erreichen, was immer das sein würde.

In der Intensivstation fanden wir Isabel inmitten eines Gewirrs von Schläuchen und Kabeln, ruhiggestellt durch Rocuronium, damit sie sich nicht die Atemschläuche wegriss. Wir verbrachten die Nacht an ihrem Bett, küssten die Finger ihrer schlaffen Hand, lasen oder sangen ihr etwas vor. Am nächsten Tag schloss ich ein iPod an, nicht nur in der hartnäckigen Hoffnung, Musik sei gut für das schmerzende, genesende Köpfchen, sondern auch, um die enervierenden Krankenhausgeräusche zu überdecken, das Piepen der Monitore, das Rasseln der Atemgeräte, das Geplapper der Krankenschwestern auf dem Korridor, den Alarm, der jedes Mal ertönte, wenn sich der Zustand eines Patienten plötzlich verschlechterte. Neben den Bach'schen Cellosuiten oder Charles Mingus' Pianostücken registrierte ich jeden von Isabels Herzschlägen, jede Blutdruckschwankung. Wie gebannt starrte ich auf die immer neuen Zahlen auf dem Monitor, als könne allein das Hinsehen etwas Gutes bewirken. Wir konnten nur warten.

Es gibt, wie ich inzwischen glaube, einen psychischen Mechanismus, der die meisten Menschen davon abhält, sich den Moment des eigenen Todes vorzustellen. Könnte man sich nämlich diesen Übergang vom Bewusstsein in das Nichts in aller Deutlichkeit ausmalen, mitsamt der dazugehörigen Angst und demütigenden Hilflosigkeit, könnte man kaum leben. Dass allem Lebendigen der Tod eingeschrieben ist, jeder Moment des Daseins vielleicht nur einen Atemzug vom Ende entfernt ist, wäre kaum zu ertragen. Die Ungeheuerlichkeit dieser unabwendbaren Tatsache hätte etwas Niederschmetterndes. Und doch, indem wir in unsere Sterblichkeit hineinwachsen, beginnen wir, die ängstlichen Zehen vorsichtig in das Nichts zu tauchen und zu hoffen, dass wir uns irgendwie mit unserer Sterblichkeit anfreunden, dass Gott oder irgendein anderes tröstendes Opiat zur Verfügung stehen wird, wenn wir uns in das Dunkel des Nichts vorwagen.

Aber wie kann man sich mit dem Tod des eigenen Kindes anfreunden? Der soll schließlich erst eintreten, wenn man selbst schon längst im Nichts verschwunden ist. Die Kinder sollen einen um Jahrzehnte überdauern, in denen sie ihr eigenes Leben führen, unbelastet von der Anwesenheit der Eltern, um irgendwann den gleichen Weg zu gehen wie sie – Ignorieren, Leugnen, Angst, das Ende. Sie müssen selbst mit ihrer Endlichkeit fertigwerden und können von den Eltern diesbezüglich keine Hilfe erwarten (außer, man konfrontiert die Kinder durch den eigenen Tod mit dem Sterben) – der Tod ist kein Forschungsgegenstand. Und selbst wenn man sich den Tod des eigenen Kindes vorstellen könnte – warum würde man das tun?

Doch ich bin mit einer blühenden Fantasie geschlagen und habe mir schon oft das Schlimmste vorgestellt. Ich stellte mir vor, wie ich beim Überqueren der Straße von einem Auto überfahren werde. Sogar die Dreckschicht auf der Achse konnte ich sehen, während das Rad meinen Kopf zerquetschte. Wenn die U-Bahn stehenblieb und die Lichter ausgingen, stellte ich mir eine Feuerwand vor, die uns durch den Tunnel entgegenkam. Erst nachdem ich Teri kennengelernt hatte, bekam ich meine quälende Fantasie ein wenig in den Griff. Und nach der Geburt unserer Kinder lernte ich, jede Vorstellung von etwas Schrecklichem, das ihnen zustoßen könnte, rasch aus meinen Gedanken zu verbannen. Einige Wochen, bevor Isabels Tumor diagnostiziert wurde, war mir ihr Kopf ein bisschen groß und nicht ganz symmetrisch erschienen, und sofort fragte ich mich: Was, wenn sie einen Hirntumor hat? Aber ich schob den Gedanken sofort beiseite. Selbst wenn man sich eine schwere Krankheit bei seinem Kind vorstellen könnte – warum würde man das tun?

Einige Tage nach Isabels Tumoroperation zeigte sich bei einer MRT, dass in ihrem Hirn noch ein kleines Stückchen übrig war. Je vollständiger der Tumor entfernt wurde, desto günstiger war die Prognose. Also musste Isabel ein zweites Mal operiert werden. Danach kam sie wieder auf die Intensivstation. Nachdem sie wieder auf die Neurochirurgie verlegt worden war, stellte sich heraus, dass die Gehirn-Rückenmark-Flüssigkeit noch immer nicht abfloss. Daraufhin wurde eine externe Dränage gelegt. Sie hatte wieder Fieber. Die externe Dränage wurde wieder entfernt. Die Hirnkammern waren lebensbedrohlich vergrößert, voller Flüssigkeit, der Blutdruck sank. Bei einem neuerlichen Akutscan, bei dem sie mit dem Gesicht nach oben im Kernspintomographen lag, erbrach sie und wäre fast erstickt. Schließlich wurde ein Shunt gelegt, um die Hirnflüssigkeit direkt in den Magen abzuleiten. In weniger als drei Wochen hatte Isabel zwei Hirnresektionen überstehen müssen – dabei wurden die beiden Gehirnhälften auseinandergeklappt, damit Dr. Tomita in die Region zwischen Stammhirn, Zirbeldrüse und Kleinhirn kam und den Tumor entfernen konnte – sowie sechs zusätzliche Operationen, um das Problem der nicht abfließenden Hirnflüssigkeit in den Griff zu bekommen. Man hatte Isabel einen Schlauch in die Brust eingesetzt, damit die chemotherapeutischen Medikamente direkt in den Blutkreislauf gelangen konnten. Und zu allem Überfluss wurde im Stirnlappen ein inoperabler erdnussgroßer Tumor entdeckt, und der pathologische Bericht bestätigte, dass es sich tatsächlich um einen ATRT handelte. Am 17. August sollte die Chemo beginnen, einen Monat nach der Diagnose. Isabels Onkologen, Dr. Jason Fangusaro und Dr. Rishi Lulla, wollten keine Prognose abgeben. Und wir trauten uns nicht, nachzuhaken.

Teri und ich aßen und schliefen nicht viel in den ersten Wochen nach der Diagnose. Die meiste Zeit waren wir im Krankenhaus an Isabels Seite. Wir versuchten, auch bei Ella zu sein, die nicht auf die Intensivstation gelassen wurde, obwohl sie Isabel auf der Neurochirurgie besuchen durfte und immer ein Lächeln auf ihr Gesicht zauberte. Ella schien ziemlich gut mit der Situation fertigzuwerden. Verwandte und Freunde besuchten uns, um Ella über unsere ständige Abwesenheit hinwegzuhelfen. Wenn wir mit ihr über Isabel redeten, hörte sie mit großen Augen zu, besorgt und verwirrt.

Irgendwann in dieser ersten Zeit erzählte sie uns von ihrem imaginären Bruder. Ihrer Wortflut war zu entnehmen, dass ihr Bruder manchmal ein Jahr alt war, manchmal die High School besuchte und gelegentlich aus irgendwelchen

Gründen nach Seattle oder Kalifornien reiste, dann wieder in Chicago war und die abenteuerlichsten Dinge erlebte.

Dass Kinder in Ellas Alter imaginäre Freunde oder Geschwister haben, ist nicht ungewöhnlich. Ich nehme an, die Erfindung einer Fantasiefigur hat mit der Erweiterung sprachlicher Fähigkeiten zu tun, die zwischen dem zweiten und vierten Lebensjahr zu beobachten ist und die dem Kind einen großen Schatz an Wörtern eröffnet, die es noch nicht mit eigenen Erfahrungen verknüpfen kann. Das Kind muss Geschichten erfinden, um die Wörter auszuprobieren, über die es plötzlich verfügt. Ella kannte nun das Wort »Kalifornien«, hatte aber keine Erfahrungen, die sie damit verbinden konnte, nicht einmal in irgendeinem abstrakten Sinn. Unter Kalifornien konnte sie sich nichts vorstellen. Indem sie ihren imaginären Bruder dorthin schickte und in aller Ausführlichkeit darüber sprach, konnte sie so tun, als kenne sie Kalifornien. Die Wörter verlangten eine Geschichte, eine erfundene Landschaft. Mit diesen erweiterten sprachlichen Ausdrucksmöglichkeiten kann zugleich auch zwischen Außen und Innen unterschieden werden. Das Kind kann sein Innenleben ausdrücken und damit externalisieren. Die Welt verdoppelt sich. Ella konnte nun erzählen, was hier und was anderswo war. In der Sprache konnte das Hier und das Anderswo gleichzeitig stattfinden. Beim Abendessen fragte ich Ella einmal, was ihr Bruder jetzt gerade mache. Er sei in ihrem Zimmer, erklärte sie sachlich, und habe einen Wutanfall.

Zunächst hatte ihr Bruder keinen Namen. Auf unsere Frage, wie er heiße, antwortete sie: »Googoo Gaga«, was der Ausdruck war, den ihr fünfjähriger Lieblingscousin Malcolm immer verwendete, wenn ihm irgendein Begriff nicht einfiel. Da Charlie Mingus praktisch ein Hausgott bei uns war, schlugen wir ihr den Namen Mingus vor. Und so hieß ihr Bruder fortan Mingus. Bald darauf schenkte Malcolm ihr einen aufblasbaren Alien, der ab sofort ihren existenziell wenig fassbaren Bruder Mingus verkörperte. Obwohl Ella oft mit ihrem aufgeblasenen Mingus spielte, konnte sie ihm aber auch ohne physische Anwesenheit pseudoelterliche Anweisungen erteilen oder von einem seiner Abenteuer erzählen. Während unsere Welt zusehends schrumpfte und nur noch aus nicht endenwollender Furcht bestand, wurde Ellas Welt immer größer und weiter.

Ein ATRT ist so selten, dass es nur sehr wenige chemotherapeutische Behandlungsprotokolle für diese spezifische Variante gibt. Die verfügbaren Protokolle dokumentieren meist eine abgewandelte, intensivierte Form der Behandlung von Medulloblastomen und anderen Hirntumoren, bei der die Bösartigkeit des ATRT mit besonders starken Medikamenten angegangen wird. In einigen Fällen wird eine fokussierte Bestrahlung praktiziert, die bei Patienten in Isabels Alter jedoch schädliche Auswirkungen auf die Entwicklung des Kindes hat. Das Protokoll, für das Isabels Onkologen sich entschieden, sah eine extrem starke Chemotherapie in sechs

Zyklen vor. Die letzte war so intensiv, dass Isabels noch junge Blutzellen zuvor entnommen und nach der letzten Chemo wieder injiziert werden mussten, um ihr dezimiertes Knochenmark wieder aufzubauen.

Während der Chemo bekam sie unzählige Transfusionen von Blutplättchen und roten Blutkörperchen, während die Anzahl der weißen Blutkörperchen jedes Mal von allein den normalen Wert erreichen musste. Ihr Immunsystem wurde vorübergehend stillgelegt, und sobald es sich wieder erholt hatte, begann die nächste Chemo. Da Isabel infolge der extensiven Gehirnoperationen nicht mehr sitzen oder stehen konnte, musste sie Beschäftigungs- und Physiotherapie machen. Irgendwann, hieß es, könne sie das Entwicklungsstadium eines Kindes in ihrem Alter erreichen.

Als ihre erste Chemotherapie begann, war sie zehn Monate alt und wog nur etwas über sieben Kilo. An guten Tagen lächelte sie heroisch, mehr als jedes andere Kind, das ich kenne. Diese Tage, so selten sie waren, ermöglichten es, uns eine Art Zukunft für Isabel und unsere Familie vorzustellen. Wir setzten die Chemotermine fest, sagten unseren Freunden und Verwandten, welche Tage für Besuche geeignet wären, wir notierten irgendwelche Dinge im Kalender für die nächsten Wochen im Voraus. Aber die Zukunft war so prekär wie Isabels Gesundheit – sie reichte immer nur bis zum nächsten Schritt, mit dem vernünftigerweise zu rechnen war: das Ende des Chemozyklus, die Verbesserung ihrer weißen Blutkörperchen. Ich wehrte mich, weiter vorauszuschauen. Wenn ich merkte, dass ich mir vorstellte, wie ich ihr Händchen hielt, während sie im Sterben lag, verscheuchte ich das Bild aus meiner Fantasie und erschreckte Teri jedes Mal, indem ich laut sagte: »Nein! Nein! Nein! Nein!« Ich verbot mir auch jeden Gedanken an das andere Ergebnis (erfolgreiche Genesung), weil ich inzwischen überzeugt war, dass alles, was ich mir wünschte, nicht eintrat. Ich entwickelte daher eine mentale Strategie, mir nichts Gutes mehr zu wünschen, als würden allein durch den Akt des Wünschens die gnadenlosen Kräfte heraufbeschworen, die dieses Universum bewegen und in ihrer Boshaftigkeit das Gegenteil all dessen bewirken, was ich erhofft hatte. Ich wagte es nicht, an Isabels Überleben zu denken, um es nicht zu gefährden.

Kurz nach Isabels erstem Chemozyklus rief eine wohlmeinende Freundin von mir an und fragte als Erstes: »Na, habt ihr irgendwie eine Struktur für die neue Situation gefunden?« Isabels Chemotherapie sorgte in der Tat für eine Art Struktur, für eine gewisse Routine. Die immer gleichen Medikamente wurden in gleichbleibender Abfolge verabreicht, und es kam zu den immer gleichen Reaktionen – Erbrechen, Appetitlosigkeit, Zusammenbruch des Immunsystems, im Anschluss intravenöse parenterale Ernährung (wie sie Patienten bekommen, die nicht essen können), und regelmäßig wurden Medikamente gegen Übelkeit und Pilzbefall sowie Antibiotika verabreicht. Dann die Transfusionen, die Verlegung in die Akutstation wegen Fieber, die allmähliche Besserung (gemessen an der Zahl der Blutkörperchen) und ein paar gute Tage zu Hause, bis der nächste Zyklus begann.

Wenn Isabel und Teri, die kaum von ihrer Seite wich, zur Chemo im Krankenhaus waren, blieb ich über Nacht bei Ella, brachte sie am nächsten Morgen in die Vorschule, fuhr dann mit Kaffee und Frühstück zu Teri in die Klinik, und während sie duschte, sang ich Isabel etwas vor oder spielte mit ihr. Ich wechselte Windeln oder machte sauber, wenn sie sich übergeben hatte. In Pseudofachjargon sprachen Teri und ich über die vergangene Nacht und den bevorstehenden Tag und warteten auf das Erscheinen der Ärzte, um unsere schwierigen Fragen zu stellen.

Das Wohlbefinden des Menschen beruht auf einer gewissen Regelmäßigkeit im Alltäglichen, Seele und Körper brauchen eine vertraute, planbare Umgebung. Aber für Isabel konnte es keine vertraute, gleichbleibende Routine geben. Ein ATRT führt zum Zusammenbruch jeder biologischen, emotionalen und familiären Ordnung. Nichts läuft so, wie man es erwartet, geschweige denn wie man es sich wünscht. Neben den unerwarteten Katastrophen und Akutmaßnahmen gab es ja noch die alltägliche Hölle: Isabels Husten hörte eigentlich nie auf und führte zu Erbrechen, sie hatte Ausschlag und Verstopfung, sie war unruhig und schwach, nie konnten wir ihr sagen, dass es aufwärts mit ihr ginge. An solche Dinge kann man sich nicht gewöhnen. Der Trost der Normalität war Teil einer anderen Welt.

Als ich eines Morgens zum Krankenhaus fuhr, sah ich mehrere Jogger die Fullerton Avenue in Richtung See entlanglaufen. Ich hatte das starke körperliche Gefühl, in einem Aquarium zu sein. Ich konnte nach draußen sehen, die Leute draußen konnten mich sehen (sofern sie überhaupt Notiz von mir nahmen), aber wir lebten und atmeten in zwei völlig separaten Welten. Isabels Krankheit und unsere Erfahrungen hatten nichts mit den anderen Leuten zu tun, betrafen sie nicht. Teri und ich erwarben herzzerreißende Kenntnisse, die in der äußeren Welt keinerlei Gebrauchswert hatten und, bis auf uns, niemanden interessierten. Die Jogger liefen gedankenlos ihrer Ertüchtigung entgegen, Leute schwelgten in der Banalität des Gewohnten, das Pferd des Folterknechts rieb sich die unschuldige Hinterbacke an einem Baum.

Durch Isabels Krankheit wurde alles in unserem Leben wichtig und real. Die äußere Welt war nicht so sehr irreal, sondern irrelevant, sie hatte keine erkennbare Bedeutung für uns. Wenn Menschen, die nichts von Isabels Krankheit wussten, sich erkundigten, was es Neues gebe, und ich ihnen antwortete, zogen sie sich rasch hinter den fernen Horizont ihres eigenen Lebens zurück, wo ganz andere Dinge wichtig waren. Als ich meinem Steuerberater von Isabel berichtete, sagte er: »Aber Sie sehen gut aus, das ist die Hauptsache!« Die ruhig dahinsegelnde Welt brauchte Plattitüden und Klischees, die keinen logischen oder abstrakten Bezug zu unserer Katastrophe hatten.

Es fiel mir schwer, mit wohlmeinenden Menschen zu sprechen, und noch schwerer, ihnen zuzuhören. Sie waren liebenswürdig und freundlich, und Teri und ich ertrugen ihre Mitleidsbekundungen, ohne sie ihnen zum Vorwurf zu machen, weil sie einfach nicht wussten, was sie sonst hätten sagen sollen. Sie schützten sich vor dem, was wir durchmachten, indem sie sich auf den handhabbaren Bereich leerer, abgedroschener Worte beschränkten. Uns ging es besser, wenn der Betreffende klug genug war, uns nicht mit Worten trösten zu wollen, und das wussten unsere besten Freunde. Wir sprachen lieber mit Dr. Lulla oder Dr. Fangusaro, die uns helfen konnten, die wirklich wichtigen Dinge zu begreifen, statt hören zu müssen, wir sollten »den Mut nicht verlieren« (worauf ich jedes Mal erwiderte, dass ich nichts anderes zu verlieren hätte). Und wir gingen all jenen aus dem Weg, von denen wir vermuteten, sie würden uns mit der allergrößten Plattitüde trösten wollen – Gott. Der Krankenhauspfarrer hatte strikte Anweisung, nicht in unsere Nähe zu kommen.

Eine der beliebtesten Plattitüden waren die »fehlenden Worte«. Aber Teri und mir fehlten keineswegs die Worte. Wir konnten sehr wohl unsere Empfindungen beschreiben. Wir hatten viele Worte, mit denen wir über den ganzen Horror sprechen konnten. Auch Dr. Fangusaro und Dr. Lulla hatten Worte, immer schmerzhaft präzise Worte.

Wenn es ein Kommunikationsproblem gab, dann deswegen, weil es zu viele Worte gab, viel zu gewichtige und viel zu spezifische, als dass wir sie anderen zumuten konnten. (Beispielsweise Isabels Chemo-Medikamente: Vincristine, Methotrexate, Etoposide, Cyclophospamide und Cisplatin – Geschöpfe einer besonders bösartigen Dämonologie.) Wir schützten unsere Freunde instinktiv vor dem Wissen, das wir erworben hatten, ließen sie in dem Glauben, dass es keine Worte gebe, weil wir wussten, dass sie unseren täglich verwendeten Wortschatz nicht lernen wollten. Wir waren sicher, dass sie nicht wissen wollten, was wir wussten – wir wollten es ja selber nicht wissen.

Niemand war innendrin bei uns (und natürlich wünschten wir uns nicht, ein Kind im Freundeskreis möge ATRT haben, damit wir mit den Eltern darüber reden konnten). In einem Ratgeber für Eltern von hirntumorkranken Kindern, den wir im Krankenhaus bekamen, wurde ATRT nicht eigens erwähnt, weil diese Tumorvariante so selten war. Genauer gesagt, ATRT wurde überhaupt nicht erwähnt. Wir konnten nicht einmal innerhalb der Gruppe von Familien mit tumorkranken Kindern kommunizieren. Die Wände des Aquariums, in dem wir uns befanden, waren aus den Worten anderer Menschen gemacht.

Dank Mingus konnte Ella ihren Wortschatz praktizieren und erweitern. Mingus bot ihr auch die Gesellschaft und die Tröstungen, die sie von ihren Eltern kaum noch bekam.

Wenn ich sie morgens zur Schule brachte, erzählte sie Fortsetzungsgeschichten von ihm, deren abstruse Plots tief in ihrem Wortschwall verborgen waren. Hin und wieder sahen wir sie mit Mingus spielen (dem Alien oder der imaginären Figur), wir sahen, wie sie ihm imaginäre Medikamente gab oder seine Temperatur maß und dabei die Worte verwendete, die sie bei Besuchen im Krankenhaus aufgeschnappt oder unseren Gesprächen über Isabels Krankheit abgelauscht hatte. Sie erzählte uns, dass Mingus einen Tumor habe und untersucht werden müsse, aber in zwei Wochen würde es ihm schon bessergehen. Einmal hatte Mingus sogar eine kleine Schwester namens Isabel (nicht identisch mit Ellas Schwesterchen), die ebenfalls einen Tumor hatte, in zwei Wochen aber geheilt sein würde. (Länger als zwei Wochen, dachte ich, konnten Teri und ich damals nicht planen.) Welche Informationen Ella über Isabels Krankheit beiläufig aufgeschnappt haben mochte, sie verarbeitete sie mit Hilfe ihres imaginären Bruders. Und da sie ihre Schwester ganz offenkundig vermisste, war Mingus auch ein Tröster. Sie wollte, dass wir als Familie zusammen waren, und vermutlich deswegen hatte Mingus eines Tages selbst Eltern und zog mit ihnen in ein Haus in der Nähe, um tags darauf wieder da zu sein. Ella externalisierte ihre komplizierten Gefühle, indem sie sie auf Mingus übertrug, der dementsprechend agierte.

Eines Tages, beim Frühstück, während Ella ihre Haferflocken aß und von ihrem Bruder erzählte, wurde mir schlagartig klar, dass sie genau das machte, was ich in all den Jahren als Schriftsteller getan hatte: Mit Hilfe meiner Romanfiguren konnte ich verstehen, was für mich schwer zu verstehen gewesen war (und das ist bislang fast alles). So wie Ella hatte ich über einen Reichtum an Wörtern verfügt, dessen Fülle die armseligen Beschränkungen meiner Biographie weit überstieg. Also musste ich mich in einen imaginierten Raum hineinentwickeln, ich benötigte mehrere Leben. Auch ich hatte andere Eltern gebraucht und einen anderen als mich, der meine metaphysischen Wutanfälle bekam. All diese Avatare hatte ich mir in der Brühe meines ständig sich wandelnden Ichs ausgedacht, aber sie waren nicht ich – sie taten, was ich nicht tun wollte oder konnte. Wenn ich Ella leidenschaftlich ihre endlosen Mingus-Geschichten fortspinnen hörte, begriff ich, dass die Notwendigkeit des Erzählens tief in uns ist und untrennbar verknüpft mit den Mechanismen, die Wörter produzieren und absorbieren. Fantasievolles Erzählen – also auch die Romanliteratur – ist ein evolutionäres Grundwerkzeug zum Überleben. Wir verarbeiten die Welt, indem wir Geschichten erzählen, wir eignen uns Wissen an, indem wir uns in imaginäre Personen versetzen.

Das Wissen, das ich im Laufe meines schriftstellerischen Lebens erworben hatte, war in unserem ATRT-Aquarium jedoch wertlos. Anders als Ella konnte ich keine Geschichte konstruieren, mit deren Hilfe ich all das Geschehene verstehen würde. Isabels Krankheit war stärker als meine

Fantasie. Für mich zählte allein die Realität ihres Atems an meiner Brust, ihr Einschlummern, wenn ich ihr meine drei Schlaflieder vorsang. Ich wagte nicht, über ihr freundliches Lächeln, über ihr gepeinigtes, aber noch immer schönes Leben hinauszudenken.

An einem Sonntagnachmittag im Oktober bekam Isabel das letzte Medikament in ihrem dritten Chemozyklus. Wir hofften, sie würde am Montag nach Hause kommen können, wenigstens für ein paar Tage. Ella besuchte sie am Nachmittag und brachte sie wie immer zum Lachen, indem sie tat, als würde sie Stückchen aus ihrer Wange nehmen und essen. Nachdem Ella gegangen war, fiel mir auf, dass Isabel in meinen Armen ganz erregt war. Ich bemerkte ein Muster in ihrer Unruhe. Ein Blick auf die Uhr verriet mir, dass sie etwa alle dreißig Sekunden zuckte und wimmerte. Teri rief die Krankenschwester, die mit dem diensthabenden Onkologen sprach, der mit dem Neurologen sprach, der mit jemand anderem sprach. Es waren offenbar kleine Anfälle, aber es war nicht klar, warum sie auftraten. Dann hatte sie einen ausgewachsenen epileptischen Anfall: Sie verkrampfte sich, verdrehte die Augäpfel, Schaum trat aus dem Mund, sie zuckte. Teri und ich hielten ihre Hände und sprachen mit ihr, aber sie nahm uns nicht wahr. Sie wurde sofort auf die Intensivstation verlegt.

Die Namen all der Medikamente, die man ihr gab, und all der Dinge, die man dort unternahm, sind mir ebenso wenig in Erinnerung wie die ganze Nacht – Unvorstellbares merkt man sich nicht. Ein plötzlicher Abfall des Natriumspiegels hatte die Anfälle ausgelöst. Die Ärzte, was immer sie taten, stellten es ab. Schließlich wurde ein Atemschlauch gelegt, und wieder wurde sie mit Rocuronium ruhiggestellt. Isabel würde auf der Intensivstation bleiben müssen, bis der Natriumwert sich stabilisiert hatte.

Doch dazu kam es nicht. Zwar wurde das Rocuronium abgesetzt und ein paar Tage später der Atemschlauch wieder entfernt, aber sie musste ständig mit Natrium versorgt werden, auf Kosten ihrer parenteralen Ernährung, und die Werte normalisierten sich trotzdem nicht. An Halloween – während Teri wie versprochen mit Ella durch unsere Nachbarschaft zog – lag Isabel wieder ruhig in meinen Armen. In der Nacht zuvor, die ich zu Hause bei Ella verbracht hatte, hatte ich von Isabel geträumt. Sie hatte sich in meinen Armen heftig hin und her geworfen, als hätte sie plötzlich Schmerzen, und dann war sie mir entglitten. Mit einem Schrei war ich aus dem Traum hochgeschreckt, noch ehe sie auf dem Boden landete. In der Intensivstation sang ich verzweifelt all meine Schlaflieder, um sie zu beruhigen. Schließlich schlief sie ein, doch dann merkte ich, dass ihr Atem erschreckend lange aussetzte. Der diensthabende Pfleger sagte, dass Schlafapnoe bei Kleinkindern nicht selten sei, aber dieser offenkundige Blödsinn erschreckte mich mehr, als dass er mich ärgerte. Der Pfleger rief den diensthabenden Arzt, und alles wurde genau protokolliert. Wenig später löste Teri mich ab, ich fuhr nach Hause zu Ella.

Mitten in der Nacht klingelte das Telefon. Teri gab mir Dr. Fangusaro, der erklärte, dass Isabels Blutdruck sehr schlecht aussehe. Ich solle umgehend in die Klinik kommen.

Nachdem ich Ella bei meiner Schwägerin gelassen hatte, raste ich ins Krankenhaus. Ein ganzer Trupp von Ärzten und Pflegern stand um Isabels Bett. Ihr Gesicht war aufgedunsen, die Augenlider geschwollen. In ihren Händchen steckten lauter Nadeln, durch die blutdruckstabilisierende Flüssigkeit in ihren Körper gepumpt wurde. Dr. Fangusaro und Dr. Lulla erklärten, dass Isabel in einem kritischen Zustand sei. Sie wollten von Teri und mir wissen, ob sie alles tun sollten, um sie am Leben zu erhalten. Wir sagten ja. Sie wiesen darauf hin, dass die Entscheidung, ob sie ihre Bemühungen fortsetzen oder einstellen sollten, bei uns liege.

Und von da an habe ich keine Erinnerung mehr. Teri sitzt in der Ecke, unaufhörlich und leise weinend, wahrhaft unbeschreibliche Angst in den Augen; der grauhaarige Arzt (sein Name ist mir entfallen, auch wenn mich sein Gesicht täglich ansieht) erteilt den Assistenzärzten Anweisungen. Isabels Herz schlägt nicht mehr, ihr Brustkorb wird massiert. Ihr Herz schlägt wieder, ich klage: »Mein Kind! Mein Kind! Mein Kind!« Dann müssen Teri und ich wieder eine Entscheidung treffen: Isabels Nieren versagen, sie braucht eine Dialyse, eine sofortige chirurgische Intervention ist erforderlich, um sie an die Dialysemaschine anzuschließen – und möglicherweise wird sie die Operation nicht überstehen. Wir sagen ja. Ihr Herz stockt. Der Brustkorb wird wieder massiert. Draußen auf dem Flur stehen unbekannte Menschen, die in Gedanken bei Isabel sind, manche in Tränen. »Mein Kind! Mein Kind! Mein Kind!«, heule ich. Ich umarme Teri. Isabels Herz schlägt wieder. Der grauhaarige Arzt wendet sich an mich und sagt: »Zwölf Minuten.« Ich verstehe nicht gleich, was er meint. Dann begreife ich: Isabel war zwölf Minuten klinisch tot. Dann hört ihr Herz wieder auf zu schlagen, eine junge Ärztin massiert halbherzig ihre Brust, wartet darauf, dass wir sie bitten, aufzuhören. Wir bitten sie, aufzuhören. Sie hört auf.

In meinen rasch verdrängten Visionen hatte ich Isabels Tod gesehen. Trotz all meiner Mühe war es ein ruhiger, filmreifer Moment – Teri und ich halten Isabels Hände, während sie friedlich entschläft. Nie hätte ich mir den tiefen Schmerz vorstellen können, den wir empfanden, als die Krankenschwestern alle Schläuche und Kabel entfernten und ein jeder den Raum verließ und Teri und ich unser totes Kind hielten – unsere schöne, stets lächelnde Tochter, der Körper aufgedunsen von lauter Flüssigkeit und übel zugerichtet nach den Brustmassagen – und wir ihre Wangen und Zehen küssten. Obwohl ich mich ganz deutlich an diesen Moment erinnere, ist er für mich noch immer unvorstellbar.

Und wie tritt man aus solch einem Moment? Wie lässt man sein totes Kind da und kehrt zurück in den leeren Alltag dessen, was man als sein Leben bezeichnen könnte? Schließlich legten wir Isabel wieder auf das Bett, deckten sie zu, unterschrieben, was an Papieren unterschrieben werden musste, packten alles zusammen – ihr Spielzeug, unsere Kleidung, den iPod, die Essensdosen, die Trümmer des Vorher. Vor dem Zimmer hatte jemand einen schützenden Paravent aufgestellt. All die freundlichen Menschen, die Isabel die Daumen gedrückt hatten, waren fort. Wie Flüchtlinge, beladen mit großen Plastiktüten, gingen wir zur Garage auf der anderen Straßenseite, stiegen in unser Auto und fuhren auf sinnlosen Straßen zur Wohnung meiner Schwägerin.

Ich weiß nicht, welche Fähigkeit es braucht, um den Tod zu verstehen, aber Ella schien sie zu besitzen. Als wir ihr erzählten, dass ihre kleine Schwester gestorben sei, war ein Moment von Klarheit und Verstehen auf ihrem Gesicht. Dann weinte sie in einer Weise, die man nur als unkindlich bezeichnen kann, und sagte: »Ich möchte noch ein Schwesterchen haben, das Isabel heißt.« Dieser Satz geht uns nicht aus dem Kopf.

Teri, Ella und ich fuhren nach Hause. Es war der 1. November, der Tag, an dem der Verstorbenen gedacht wird. Ein halbes Jahr war seit der Diagnose vergangen.

Eine der abscheulichsten religiösen Versprechungen besagt, dass Leid adelt, ein Schritt auf dem Weg zu Erleuchtung oder Erlösung ist. Isabels Leiden und Tod haben weder ihr oder uns oder der Welt genützt. Wir haben nichts gelernt, was zu lernen sich gelohnt hätte, keine Erfahrung gemacht, die anderen von Nutzen sein könnte. Und Isabel wurde ganz gewiss nicht mit der Aufnahme in eine bessere Welt belohnt, denn für sie gab es nichts Besseres, als zu Hause bei ihrer Familie zu sein. Ohne Isabel blieb Teri und mir ein Ozean von Liebe, die wir nicht mehr verschenken konnten. Wohin mit all der Zeit, die wir bis dahin Isabel geschenkt hatten? Wir mussten in einer Welt leben, die nur von Isabel ausgefüllt werden konnte. Ihre unauslöschliche Abwesenheit ist nun ein Organ in unseren Körpern, dessen Funktion einzig darin besteht, unablässig Schmerz zu verursachen.

Ella redet oft von Isabel. Wenn sie über ihren Tod spricht, dann mit passenden, tief empfundenen Worten. Sie hat die gleichen Fragen und die gleiche Sehnsucht wie wir. Einmal fragte sie mich vor dem Einschlafen: »Warum ist Isabel gestorben?« Ein andermal sagte sie: »Ich will nicht sterben.« Kürzlich erklärte sie unvermittelt, dass sie Isabels Hand halten wolle, dass ihr Isabels Lachen fehle. Wenn wir sie fragten, ob sie Isabel vermisse, verweigerte sie mitunter jede Antwort und reagierte mit einer Schroffheit, die wir sofort erkannten – über selbstverständliche Dinge muss man keine Worte verlieren.

Mingus führt weiterhin sein imaginäres Leben. Obwohl er oft bei uns ist, wohnt er wieder bei seinen Eltern und mit einer schwankenden Zahl von Geschwistern (seit Kurzem sind es zwei Brüder, Jackson und Cliff, und eine Schwester, Piccadilly). Inzwischen hat er eigene Kinder – einmal waren es drei Söhne, von denen einer Andy hieß. Als wir in den Skiurlaub fuhren, wollte Mingus lieber Snowboard fahren. Als wir Weihnachten nach London flogen, fuhr er nach Nebraska. Er spielt Schach, offenbar ganz gut. Manchmal schreit er Ella an (»Sei still, Mingus!«, schreit sie zurück), dann spricht er wieder mit Isabels Stimme, weil er seine eigene verloren hat. Er ist auch ein talentierter Zauberer. Mit seinem Zauberstab, sagt Ella, kann er Isabel wieder lebendig machen.

Dank

Ich schreibe erzählende Literatur, weil ich nicht anders kann, nicht-fiktionale Literatur schreibe ich nur unter Druck. Mein Dank geht daher an all jene, die mich gedrängt haben, mein Zaudern und meine Trägheit zu überwinden: Slavenka Drakulić und Richard Swartz, John Freeman, Sean Wilsey und das McSweeney-Team, Lee Froelich, David Remnick und besonders Deborah Treisman, die bei schwierigen Texten kluge, verständnisvolle und freundliche Wegbegleiter waren. Mein Lektor Sean McDonald, der Tony Soprano der New Yorker Verlagswelt, stand mir loyal zur Seite. Meiner Agentin Nicole Aragi, die quasi schon zur Familie gehört, zeige ich meine Dankbarkeit normalerweise, indem ich etwas für sie koche – ein Dankeswort ist gleichwohl angebracht, denn mit ihrer Geduld, Liebenswürdigkeit, Großzügigkeit und dem einen oder anderen Rüffel half sie mir über gelegentlich schwierige Phasen hinweg. Meine Schwester Kristina und mein engster Freund Velibor Božović Veba haben ihre Erinnerungen und vieles andere mit mir geteilt. Meine Eltern, Petar und Andja, haben meine Kindheit und Jugend ertragen und sind mir mit ihren Erzählungen Freunde und Helden geworden. Teri Boyd, meine Frau und Gefährtin, mein Ein und Alles, macht alles möglich und erträglich. Und meine Töchter Ella, Isabel und Esther erfüllen mein Leben mit Liebe und geben ihm Sinn.

Notiz des Verlags

»Das Leben der anderen« (The Lives of Others) erschien auf Deutsch erstmals unter dem Titel »Anders-Fragen« (The Other Questions) in der Übersetzung von Susanne Van Volxem in: »Der andere nebenan. Eine Anthologie aus dem Südosten Europas«, herausgegeben von Richard Swartz, S. Fischer Verlag, Frankfurt am Main, 2007. Für den Abdruck in »Das Buch meiner Leben« wurde die Originalfassung vom Autor überarbeitet und von Matthias Fienbork neu übersetzt.

»Das Aquarium« erschien in der Übersetzung von Matthias Fienbork 2011 erstmals auf Deutsch in: DAS MAGAZIN, Zürich.